WILLIAM SHAKESPEARE

Was ihr wollt

KOMÖDIE

ÜBERSETZT VON
AUGUST WILHELM VON SCHLEGEL
HERAUSGEGEBEN VON
DIETRICH KLOSE

PHILIPP RECLAM JUN. STUTTGART

Englischer Originaltitel:
Twelfth Night or What you Will

Universal-Bibliothek Nr. 53

Gesamtherstellung: Reclam, Ditzingen. Printed in Germany 1987
ISBN 3-15-000053-X

PERSONEN

Orsino, *Herzog von Illyrien*
Sebastian, *ein junger Edelmann, Violas Bruder*
Antonio, *ein Schiffshauptmann, Sebastians Freund*
Ein Schiffshauptmann
Valentin, Curio, } *Kavaliere des Herzogs*
Junker Tobias von Rülp (Sir Toby Belch), *Olivias Oheim*
Junker Christoph von Bleichenwang (Sir Andrew Aguecheek)
Malvolio, *Olivias Haushofmeister*
Fabio, Narr, } *in Olivias Dienst*
Olivia, *eine reiche Gräfin*
Viola
Maria, *Olivias Kammermädchen*

Herren vom Hofe, ein Priester, Matrosen, Gerichtsdiener, Musikanten und andres Gefolge.

Die Szene ist eine Stadt in Illyrien und die benachbarte Seeküste.

ERSTER AUFZUG

ERSTE SZENE

Ein Zimmer im Palaste des Herzogs.

(Der Herzog, Curio, und Herren vom Hofe. Musikanten im Hintergrunde.)

H e r z o g. Wenn die Musik der Liebe Nahrung ist,
Spielt weiter! gebt mir volles Maß! daß so
Die übersatte Lust erkrank' und sterbe. –
Die Weise noch einmal! – sie starb so hin;
O sie beschlich mein Ohr, dem Weste[1] gleich,
Der auf ein Veilchenbette lieblich haucht,
Und Düfte stiehlt und gibt. – Genug! nicht mehr!
Es ist mir nun so süß nicht wie vorher.
O Geist der Lieb', wie bist du reg und frisch!
Nimmt schon dein Umfang alles in sich auf,
Gleich wie die See, nichts kommt in ihn hinein,
Wie stark, wie überschwenglich es auch sei,
Das nicht herabgesetzt im Preise fiele
In einem Wink! So voll von Phantasien
Ist Liebe, daß nur sie phantastisch ist.
C u r i o. Wollt Ihr nicht jagen, gnäd'ger Herr?
H e r z o g. Was, Curio?
C u r i o. Den Hirsch.
H e r z o g. Das tu ich ja, den edelsten, der mein.
Oh, da zuerst mein Aug' Olivien sah,
Schien mir die Luft durch ihren Hauch gereinigt;
Den Augenblick ward ich zu einem Hirsch,
Und die Begierden, wie ergrimmte Hunde,
Verfolgen mich seitdem.
(Valentin kommt.)
Nun wohl, was sagt sie?
V a l e n t i n.
Verzeiht, mein Fürst, ich ward nicht vorgelassen,
Ihr Mädchen gab mir dies zur Antwort nur:
Der Himmel selbst, bis sieben Jahr' verglüht,
Soll ihr Gesicht nicht ohne Hülle schaun;
Sie will wie eine Nonn' im Schleier gehn,

Und einmal tags ihr Zimmer rings benetzen
Mit augenschmerzendem, gesalznem Naß:
All dies, um eines Bruders tote Liebe
Zu balsamieren, die sie frisch und dauernd
In traurigem Gedächtnis halten will.
H e r z o g. O sie, mit diesem zartgebauten Herzen,
Die schon dem Bruder so viel Liebe zahlt,
Wie wird sie lieben, wenn der goldne Pfeil
Die ganze Schar von Neigungen erlegt,
So in ihr lebt! wenn jene hohen Thronen,
Ihr Haupt und Herz, die holden Trefflichkeiten,
Erfüllt sind und bewohnt von einem Herrn!
Eilt mir voran auf zarte Blumenmatten!
Süß träumt die Liebe, wenn sie Lauben schatten.
(Alle ab.)

ZWEITE SZENE

Eine Straße.[2]

(Viola, ein Schiffshauptmann und Matrosen treten auf.)

V i o l a. Welch Land ist dies, ihr Freunde?
S c h i f f s h a u p t m a n n. Illyrien, Fräulein.
V i o l a. Und was soll ich nun in Illyrien machen?
Mein Bruder ist ja in Elysium.
Doch wär' es möglich, daß er nicht ertrank:
Was denkt Ihr, Schiffer?
S c h i f f s h a u p t m a n n.
Kaum war es möglich, daß Ihr selbst entkamt.
V i o l a. Ach, armer Bruder! – Vielleicht entkam er doch.
S c h i f f s h a u p t m a n n.
Ja, Fräulein; und Euch mit Vielleicht zu trösten,
Versichr' ich Euch: als unser Schiff gescheitert,
Indessen ihr und dieser arme Haufen,
Mit Euch gerettet, auf dem Boote trieb,
Sah ich, daß Euer Bruder, wohl bedacht
In der Gefahr, an einen starken Mast,
Der auf den Fluten lebte[3], fest sich band;
(Ihm lehrte Mut und Hoffnung dieses Mittel)
Dann, wie Arion auf des Delphins Rücken,
Sah ich ihn Freundschaft mit den Wellen halten,
Solang ich sehen konnte.

Viola. Hier ist Gold
Für diese Nachricht. Meine eigne Rettung
Zeigt meiner Hoffnung auch für ihn das gleiche,
Und Eure Red' ist des Bestätigung.
Kennst du dies Land?
Schiffshauptmann. Ja, Fräulein, sehr genau.
Drei Stunden ist es kaum von diesem Ort,
Wo ich geboren und erzogen bin.
Viola. Und wer regiert hier?
Schiffshauptmann.
Ein edler Herzog von Gemüt und Namen.
Viola. Was ist sein Name?
Schiffshauptmann. Orsino.
Viola. Orsino! den hört' ich meinen Vater
Wohl nennen; damals war er unvermählt.
Schiffshauptmann.
Das ist er, oder war's vor kurzem noch.
Denn nur vor einem Monat reist' ich ab,
Als eben ein Gerücht lief (wie Ihr wißt,
Was Große tun, beschwatzen gern die Kleinen),
Er werbe um die reizende Olivia.
Viola. Wer ist sie?
Schiffshauptmann.
Ein sittsam Mädchen, eines Grafen Tochter;
Der starb vor einem Jahr und ließ sie damals
In seines Sohnes, ihres Bruders, Schutz.
Der starb vor kurzem auch; ihn zärtlich liebend
Schwor sie, so sagt man, Anblick und Gesellschaft
Der Männer ab.
Viola. O dient' ich doch dem Fräulein
Und würde nicht nach meinem Stand der Welt
Verraten, bis ich die Gelegenheit
Selbst hätte reifen lassen!
Schiffshauptmann. Das wird schwer
Zu machen sein: sie will von keiner Art
Gesuche hören, selbst des Herzogs nicht.
Viola. Du hast ein fein Betragen an dir, Hauptmann,
Und wenn gleich die Natur mit schöner Decke
Oft Gräber übertüncht, bin ich dir doch
Zu traun geneigt, du habest ein Gemüt,
Das wohl zu diesem feinen Anschein paßt.
Ich bitte dich, und will dir's reichlich lohnen,

Verhehle, wer ich bin, und steh mir bei,
Mich zu verkleiden, wie es etwa taugt
Zu meinem Plan. Ich will dem Herzog dienen,
Du sollst als einen Hämling[4] mich empfehlen.
Es lohnt dir wohl die Müh', denn ich kann singen
Und ihn mit allerlei Musik ergötzen,
Bin also sehr geschickt zu seinem Dienst.
Was sonst geschehn mag, wird die Zeit schon zeigen;
Nur richte sich nach meinem Witz dein Schweigen.

Schiffshauptmann.
Seid Ihr sein Hämling, Euer Stummer ich,
Und plaudr' ich aus, so schlage Blindheit mich!

Viola. Nun gut, so führ mich weiter. *(Ab.)*

DRITTE SZENE

Ein Zimmer in Olivias Hause.

(Junker Tobias und Maria.)

Junker Tobias. Was zum Henker fällt meiner Nichte ein, daß sie sich den Tod ihres Bruders so anzieht? Es ist ausgemacht, der Gram zehrt am Leben.

Maria. Auf mein Wort, Junker Tobias, Ihr müßt abends früher zu Hause kommen. Eure Nichte, das gnädige Fräulein, hat viel Einrede gegen Eure unschicklichen Zeiten.

Junker Tobias. So mag sie beizeiten Einrede tun, hernachmals aber schweigen.

Maria. Ja, es würde Euch aber besser kleiden, einen ordentlichen Lebenswandel zu führen.

Junker Tobias. Besser kleiden? Ich brauche mich nicht besser zu kleiden, als ich hier bin. Dieser Rock ist gut genug, um darin zu trinken, diese Stiefeln auch, sonst können sie sich in ihren eignen Riemen aufhängen lassen.

Maria. Das Bechern und Trinken wird Euch zugrunde richten. Mein Fräulein sprach noch gestern davon, auch von einem albernen Junker, den Ihr einmal abends als einen Freier für sie mitgebracht habt.

Junker Tobias. Wen meint Ihr? Junker Christoph von Bleichenwang?

Maria. Ja, eben den.

Junker Tobias. Das ist so ein starker Kerl wie einer in ganz Illyrien.

Maria. Was tut das zur Sache?

Junker Tobias. Nun, er bringt es im Jahr auf dreitausend Dukaten.

Maria. Er wird es aber wohl nur auf ein Jahr mit allen seinen Dukaten bringen: er ist ein großer Narr und ein Verschwender.

Junker Tobias. Pfui, daß Ihr so reden könnt! Er spielt auf der Baßgeige und spricht drei bis vier Sprachen Wort für Wort aus dem Kopfe und ist mit vielfältigen guten Naturgaben versehn.

Maria. Ja wahrhaftig, auch mit einfältigen. Denn bei seiner Narrheit ist er obendrein noch ein großer Zänker, und hätte er nicht die Gabe der Zaghaftigkeit, um seine Zanklust zu dämpfen, so meinen die Vernünftigen, ihm würde bald das Grab zur Gabe werden.

Junker Tobias. Bei meiner Faust! Schufte und Lügner sind's, die so von ihm reden. Wer sind sie?

Maria. Dieselbigen, die auch behaupten, daß er sich alle Abend mit Euch betrinkt.

Junker Tobias. Freilich, auf meiner Nichte Gesundheit. Ich will so lange darauf trinken, als es mir durch die Kehle läuft und Getränk in Illyrien ist. Ein Hase und ein Lumpenhund, wer nicht meiner Nichte zu Ehren trinkt, bis sich sein Gehirn auf einem Beine herumdreht wie ein Kreisel. Still, Mädel! Castiliano volto![5] denn hier kommt Junker Christoph von Bleichenwang.

(Junker Christoph tritt auf.)

Junker Christoph. Junker Tobias von Rülp! Wie steht's, Junker Tobias von Rülp?

Junker Tobias. Herzensjunker Christoph!

Junker Christoph. Gott grüß' Euch, schöne Dirne!

Maria. Euch ebenfalls, Herr.

Junker Tobias. Hak ein, Junker Christoph, hak ein!

Junker Christoph. Wer ist das?

Junker Tobias. Meiner Nichte Kammermädchen.

Junker Christoph. Gute Jungfer Hakein, ich wünsche näher mit Euch bekannt zu werden.

Maria. Mein Name ist Maria, Herr.

Junker Christoph. Gute Jungfer Maria Hakein –

Junker Tobias. Ihr versteht mich falsch; *hak ein* heißt: unterhalte sie, wirb um sie, bestürme sie.

Junker Christoph. Auf meine Ehre, ich möchte sie

nicht in dieser Gesellschaft vornehmen. Das bedeutet also *hak ein*?

Maria. Ich empfehle mich, meine Herren.

Junker Tobias. Wo du sie so davongehn läßt, Junker Christoph, so wollt' ich, du dürftest nie wieder den Degen ziehn.

Junker Christoph. Wo Ihr so davongeht, so wollt' ich, ich dürfte nie wieder den Degen ziehn. Schönes Frauenzimmer, denkt Ihr, Ihr hättet Narren am Seile?

Maria. Nein, ich habe Euch nicht am Seile.

Junker Christoph. Ihr sollt mich aber am Seile haben: hier ist meine Hand.

Maria. Nun, Herr, Gedanken sind zollfrei,[6] aber mich deucht, Ihr könntet sie immer ein bißchen in den Keller tragen.

Junker Christoph. Wozu, mein Engelchen? Was soll die verblümte Redensart?

Maria. Sie ist warm, Herr.

Junker Christoph. Nun, ein Mädchen wie Ihr kann einen wohl warm machen.

Maria. Nein, Ihr habt ein kaltes Herz, das kann ich an den Fingern abzählen.

Junker Christoph. Das tut doch einmal.

Maria. Ich habe es schon an Euern Fingern abgezählt, daß Ihr keine drei zählen könnt. Nun lasse ich Euch gehn. *(Ab.)*

Junker Tobias. O Junker, du hast ein Fläschchen Sekt nötig! Hab ich dich jemals so herunter gesehn?

Junker Christoph. In Euerm Leben nicht, glaub ich, außer wenn mich der Sekt heruntergebracht hat. Mir ist, als hätt' ich manchmal nicht mehr Witz, als ein Christensohn oder ein gewöhnlicher Mensch hat. Aber ich bin ein großer Rindfleischesser und ich glaube, das tut meinem Witz Schaden.

Junker Tobias. Keine Frage.

Junker Christoph. Wo ich das dächte, so wollte ich's verschwören. Ich will morgen nach Haus reiten, Junker Tobias.

Junker Tobias. Pourquoi, Herzensjunker?

Junker Christoph. Was ist pourquoi? Tu's, oder tu's nicht? Ich wollte, ich hätte die Zeit auf die Sprachen gewandt, die mir das Fechten, Tanzen und Fuchsprellen[7] gekostet hat. Ach, hätte ich mich doch auf die Künste gelegt!

Junker Tobias. Ja, dann hättest du einen stattlichen Kopf mit Haaren gekriegt.

Junker Christoph. Wieso? Wäre mein Haar davon besser geworden?

Junker Tobias. Ohne Zweifel. Du siehst ja, es will sich von Natur nicht kräuseln.

Junker Christoph. Es steht mir aber doch recht gut? Nicht wahr?

Junker Tobias. Prächtig! Es hängt wie Flachs auf einem Spinnrocken, und ich hoffe noch zu erleben, daß eine Hausfrau dich zwischen ihre Knie nimmt und es abspinnt.

Junker Christoph. Wahrhaftig, ich will morgen nach Haus, Junker Tobias. Eure Nichte will sich ja nicht sehn lassen; und wenn auch, es ist zehn gegen eins, daß sie mich nicht will.[8]

Junker Tobias. Sie will den Grafen nicht; sie will keine größere Partie tun, als sie selbst ist, weder an Rang, Jahren, noch Verstand. Das habe ich sie eidlich beteuern hören. Lustig! Es ist noch nicht aus damit, Freund.

Junker Christoph. So will ich einen Monat länger bleiben. Ich bin ein Kerl von der wunderlichsten Gemütsart in der Welt; manchmal weiß ich mir gar keinen bessern Spaß als Maskeraden und Fastnachtsspiele.

Junker Tobias. Taugst du zu dergleichen Fratzen, Junker?

Junker Christoph. So gut wie irgendeiner in Illyrien, er mag sein, was er will, wenn er nicht vornehmer ist als ich.[9]

Junker Tobias. Wie weit hast du es in der Gaillarde gebracht?

Junker Christoph. Mein Seel, ich kann eine Kapriole schneiden, und den Katzensprung tu ich aufs Haar so hoch als irgendeiner in Illyrien.

Junker Tobias. Weswegen verbergen sich diese Künste? Weswegen hängt ein Vorhang vor diesen Gaben? Bist du bange, sie möchten staubig werden?[10] Warum gehst du nicht in einer Gaillarde zur Kirche, und kommst in einer Courante nach Hause? Mein beständiger Gang sollte ein Pas à rigaudon sein; ich wollte mein Wasser nicht abschlagen, ohne einen Entrechat zu machen. Was kommt dir ein? Ist dies eine Welt darnach, Tugenden unter den Scheffel zu stellen? Ich dachte wohl, nach dem vortrefflichen Baue deines Beines, es müßte unter dem Gestirn der Gaillarde gebildet sein.

Junker Christoph. Ja, es ist kräftig, und in einem geflammten Strumpfe nimmt es sich leidlich aus. Wollen wir nicht ein Gelag' anstellen?

Junker Tobias. Was sollen wir sonst tun? Sind wir nicht unter dem Steinbock geboren?

Junker Christoph. Unter dem Steinbock? Das bedeutet Stoßen und Schlagen.

Junker Tobias. Nein, Freund, es bedeutet Springen und Tanzen. Laß mich deine Kapriolen sehn. Hopsa! Höher! Sa! sa! – Prächtig!

(Beide ab.)

VIERTE SZENE

Ein Zimmer im Palaste des Herzogs.

(Valentin und Viola in Mannskleidern.)

Valentin. Wenn der Herzog mit solchen Gunstbezeugungen gegen Euch fortfährt, Cesario, so könnt Ihr es weit bringen: er kennt Euch erst seit drei Tagen, und schon seid Ihr kein Fremder mehr.

Viola. Ihr fürchtet entweder Laune von seiner Seite oder Nachlässigkeit von der meinigen, wenn Ihr die Fortdauer seiner Zuneigung in Zweifel zieht. Ist er unbeständig in seiner Gunst?

Valentin. Nein, in der Tat nicht.

(Der Herzog, Curio und Gefolge treten auf.)

Viola. Ich dank Euch. Hier kommt der Graf.

Herzog. Wer sah Cesario? he?

Viola. Hier, gnäd'ger Herr, zu Eurem Dienst.

Herzog. Steht Ihr indes beiseit. – Cesario,
Du weißt nun alles: die geheimsten Blätter
Schlug ich dir auf im Buche meines Herzens.
Drum, guter Jüngling, mach dich zu ihr auf,
Nimm kein Verleugnen an; steh vor der Tür
Und sprich, es solle fest dein Fuß da wurzeln,
Bis du Gehör erlangt.

Viola. Doch, mein Gebieter,
Ist sie so ganz dem Grame hingegeben,
Wie man erzählt, läßt sie mich nimmer vor.
Herzog. Sei laut, und brich durch alle Sitte lieber,
Eh' du den Auftrag unverrichtet läßt.
Viola. Gesetzt nun, Herr, ich spreche sie: was dann?
Herzog. O dann entfalt ihr meiner Liebe Macht,
Laß sie erstaunen über meine Treu:
Es wird dir wohl stehn, meinen Schmerz zu klagen;
Sie wird geneigter deiner Jugend horchen,
Als einem Boten ernstern Angesichts.
Viola. Das denk ich nicht, mein Fürst.
Herzog. Glaub's, lieber Junge!
Denn der verleumdet deine frohen Jahre,
Wer sagt, du seist ein Mann: Dianas Lippen
Sind weicher nicht und purpurner; dein Stimmchen
Ist wie des Mädchens Kehle hell und klar,
Und alles ist an dir nach Weibes Art.
Ich weiß, daß dein Gestirn zu dieser Sendung
Sehr günstig ist. Vier oder fünf von euch,
Begleitet ihn; geht alle, wenn ihr wollt.
Mir ist am wohlsten, wenn am wenigsten
Gesellschaft um mich ist. Vollbring dies glücklich,
Und du sollst frei wie dein Gebieter leben,
Und alles mit ihm teilen.
Viola. Ich will tun,
Was ich vermag, Eu'r Fräulein zu gewinnen.
(Beiseite.) Doch wo ich immer werbe, Müh' voll Pein!
Ich selber möchte seine Gattin sein.
(Alle ab.)

FÜNFTE SZENE

Ein Zimmer in Olivias Hause.

(Maria und der Narr treten auf.)

Maria. Nun sage mir, wo du gewesen bist, oder ich will meinen Mund nicht so weit auftun, daß ein Strohhalm hineingeht, um dich zu entschuldigen; mein Fräulein wird dich für dein Ausbleiben aufhängen lassen.

Narr. Meinetwegen: wer in dieser Welt tüchtig aufgehängt ist, braucht der Trommel nicht zu folgen.

Maria. Warum nicht?

Narr. Er kann überhaupt nicht viel spazieren gehn.

Maria. Eine gute hausbackne Antwort. Ich kann dir auch sagen, wo sich die Redensart herschreibt, der Trommel folgen.

Narr. Woher, liebe Jungfer Maria?

Maria. Aus dem Kriege, und das kannst du in deiner Narrheit nur kecklich nachsagen.

Narr. Gut, Gott verleihe denen Weisheit, die welche haben; und die, so Narren sind, laßt sie mit ihren Gaben wuchern.

Maria. Ihr werdet doch aufgehängt, weil Ihr so lange ausgeblieben seid, oder weggejagt: und ist das für Euch nicht ebensogut als hängen?

Narr. Gut gehängt ist besser als schlecht verheiratet, und das Wegjagen kümmert mich nicht, solange es Sommer ist.

Maria. Ihr seid also kurz angebunden?

Narr. Das just nicht, aber ich halte es mit einer doppelten Schnur.

Maria. Damit, wenn die eine reißt, die andre noch hält: wenn aber beide reißen, so fallen Eure Pumphosen herunter.

Narr. Geschickt, meiner Treu! recht geschickt! Nun, nur zu! Wenn Junker Tobias das Trinken lassen wollte, so wärst du so eine witzige Tochter Evas wie eine in ganz Illyrien.

Maria. Stille, Schelm! Nichts weiter davon! Ihr tätet wohl, wenn Ihr Euch vernünftig entschuldigtet. – *(Ab.)*

(Olivia und Malvolio treten auf.)

Narr. Witz, so es dein Wille ist, so hilf mir zu einer guten Posse! Die witzigen Leute, die dich zu haben glauben, werden oft zu Narren; und ich, der ich gewiß weiß, daß du mir fehlst, kann für einen weisen Mann gelten. Denn was sagt Quinapalus? Besser ein weiser Tor, als ein törichter Weiser. Gott grüß' Euch, Fräulein!

Olivia. Schafft das Narrengesicht weg!

Narr. Hört ihr nicht, Leute? Schafft das Fräulein weg!

Olivia. Geht, Ihr seid ein trockner Narr; ich will nichts mehr von Euch wissen. Überdies fangt Ihr an, Euch schlecht aufzuführen.

Narr. Zwei Fehler, Madonna, denen Getränk und guter Rat abhelfen können. Denn gebt dem trocknen Narren zu trinken, so ist der Narr nicht mehr trocken. Ratet dem schlechten Menschen sich zu bessern: wenn er sich bessert, so ist er kein schlechter Mensch mehr; kann er nicht, so mag ihn der Schneider flicken. Denn alles, was ausgebessert wird, ist doch nur geflickt. Tugend, die sich vergeht, ist nur mit Sünde geflickt; Sünde, die sich bessert, ist nur mit Tugend geflickt. Reicht dieser einfältige Schluß hin: gut! Wo nicht: was ist zu machen? Wie es keinen wahren Hahnrei gibt, außer das Unglück, so ist die Schönheit eine Blume. – Das Fräulein wollte das Narrengesicht weggeschafft haben, darum sage ich noch einmal: schafft das Fräulein weg!

Olivia. Guter Freund, ich wollte *Euch* weggeschafft haben.

Narr. Ein ganz gewaltiger Mißgriff! – Fräulein, cucullus non facit monachum; das will so viel sagen: mein Gehirn ist nicht so buntscheckig wie mein Rock. Gute Madonna, erlaubt mir, Eure Narrheit zu beweisen.

Olivia. Könnt Ihr's?

Narr. Gar füglich, liebe Madonna.

Olivia. Führt den Beweis.

Narr. Ich muß Euch dazu katechisieren, Madonna: antwortet mir.

Olivia. Ich bin's zufrieden; aus Mangel an anderm Zeitvertreibe will ich Euern Beweis anhören.

Narr. Gute Madonna, warum trauerst du?

Olivia. Guter Narr, um meines Bruders Tod.

Narr. Ich glaube, seine Seele ist in der Hölle, Madonna.

Olivia. Ich weiß, seine Seele ist im Himmel, Narr.

Narr. Desto größer ist Eure Narrheit, darüber zu trauern, daß Eures Bruders Seele im Himmel ist. – Schafft das Narrengesicht weg, Leute!

Olivia. Was denkt Ihr von diesem Narren, Malvolio? Wird er nicht besser?

Malvolio. Jawohl, und wird damit fortfahren, bis er in den letzten Zügen liegt. Die Schwachheit des Alters, die den vernünftigen Mann herunterbringt, macht den Narren immer besser.

Narr. Gott beschere Euch frühzeitige Schwachheit, damit Eure Narrheit desto besser zunehme! Junker Tobias wird darauf schwören, daß ich kein Fuchs bin, aber er wird nicht einen Dreier darauf verwetten, daß Ihr kein Narr seid.

Olivia. Was sagt Ihr dazu, Malvolio?

Malvolio. Ich wundre mich, wie Euer Gnaden an solch einem ungesalznen Schuft Gefallen finden können. Ich sah ihn neulich von einem gewöhnlichen Narren, der nicht mehr Gehirn hat wie ein Haubenstock, aus dem Sattel gehoben. Seht nur, er ist schon aus seiner Fassung: wenn Ihr nicht lacht und ihm die Gelegenheit zutragt, so ist ihm der Mund zugenäht. Auf meine Ehre, ich halte die vernünftigen Leute, die über diese bestallten Narren so vor Freuden krähen, für nichts besser als für die Hanswurste der Narren.

Olivia. O Ihr krankt an der Eigenliebe, Malvolio, und kostet mit einem verdorbnen Geschmack. Wer edelmütig, schuldlos und von freier Gesinnung ist, nimmt diese Dinge für Vögelbolzen, die Ihr als Kanonenkugeln anseht. Ein privilegierter Narr verleumdet nicht, wenn er auch nichts tut als verspotten; so wie ein Mann, der als verständig bekannt ist, nicht verspottet, wenn er auch nichts tut als tadeln.

Narr. Nun, Merkur verleihe dir die Gabe des Aufschneidens, weil du so gut von den Narren sprichst!

(Maria kommt.)

Maria. Mein Fräulein, vor der Tür ist ein junger Herr, der sehr mit Euch zu sprechen wünscht.

Olivia. Vom Grafen Orsino, nicht wahr?

Maria. Ich weiß nicht, mein Fräulein; es ist ein hübscher junger Mann mit einer stattlichen Begleitung.

Olivia. Wer von meinen Leuten hält ihn auf?

Maria. Junker Tobias, Euer Vetter.

Olivia. Sucht den doch da wegzubringen, er spricht ja immer wie ein toller Mensch. Pfui doch! – *(Maria ab.)* Geht Ihr, Malvolio. Wenn es ein Gesuch vom Grafen ist, so bin ich krank oder nicht zu Hause, was Ihr wollt, um es los zu werden. *(Malvolio ab.)* Ihr seht nun, wie Eure Possen versauern, und die Leute sie nicht mehr mögen.

Narr. Du hast für uns geredet, Madonna, als wenn dein ältester Sohn ein Narr werden sollte, dessen Schädel die Götter mit Gehirn vollstopfen mögen, denn hier kommt einer von deiner Sippschaft, der eine sehr schwache pia mater hat.

(Junker Tobias tritt auf.)

Olivia. Auf meine Ehre, halb betrunken. – Wer ist vor der Tür, Vetter?

Junker Tobias. Ein Herr.

Olivia. Ein Herr? Was für ein Herr?

Junker Tobias. 's ist ein Herr da. – *(Es stößt ihm auf.)* Hol der Henker die Heringe! – Was machst du, Pinsel?

Narr. Bester Junker Tobias –

Olivia. Vetter, Vetter! wie kommt Ihr schon so früh in diesen widerlichen Zustand?

Junker Tobias. Liederlichen? Schade was fürs Liederliche! – Es ist jemand vor der Tür.

Olivia. Nun gut, wer ist es?

Junker Tobias. Meinetwegen der Teufel, wenn er Lust hat: was kümmert's mich? Glaubt mir, sag ich Euch – Nun, es kommt alles auf eins heraus. *(Ab.)*

Olivia. Womit ist ein Betrunkener zu vergleichen?

Narr. Mit einem Ertrunkenen, einem Narren und einem Tollen. Der erste Trunk über den Durst macht ihn zum Narren, der zweite toll, und der dritte ersäuft ihn.

Olivia. Geh, hol den Totenbeschauer und laß ihn meinen Vetter in Augenschein nehmen, denn er ist im dritten Grade der Trunkenheit; er ist ertrunken. Geh, gib acht auf ihn.

Narr. Bis jetzt ist er nur noch toll, Madonna; und der Narr wird auf den Tollen acht geben. *(Ab.)*

(Malvolio kommt zurück.)

Malvolio. Gnädiges Fräulein, der junge Mensch draußen beteuert, daß er mit Euch sprechen will. Ich sagte ihm, Ihr wäret krank: er behauptet, davon habe er schon gehört, und daher komme er, um mit Euch zu sprechen. Ich sagte ihm, Ihr schliefet: er scheint auch das vorausgewußt zu haben und kommt daher, um mit Euch zu sprechen. Was soll man ihm sagen, gnädiges Fräulein? Er ist gegen jede Ausflucht gewaffnet.

Olivia. Sagt ihm, daß er mich nicht sprechen soll.

Malvolio. Das habe ich ihm schon gesagt, aber er versichert, er wolle wie ein Schilderhaus Tag und Nacht vor Eurer Tür stehn, bis Ihr ihn vorlaßt.

Olivia. Was für eine Art von Mensch ist es?[11]

Malvolio. Von einer sehr unartigen Art: er will mit Euch sprechen, Ihr mögt wollen oder nicht.

Olivia. Wie ist sein Äußerliches und seine Jahre?

Malvolio. Noch nicht alt genug für einen Mann und

nicht jung genug für einen Knaben: er ist weder recht Fisch noch Fleisch; so eben auf der Grenze zwischen Mann und Knaben. Er hat ein artiges Gesicht und spricht sehr naseweis; er sieht aus wie ein rechtes Muttersöhnchen.

Olivia. Laßt ihn herein: doch ruft mein Kammermädchen.

Malvolio. Kammermädchen, das Fräulein ruft. *(Ab.)*

(Maria kommt zurück.)

Olivia. Gib mir den Schleier! komm, wirf mir ihn über. Ich will noch mal Orsinos Botschaft hören.

(Viola tritt auf.)

Viola. Wer ist die Dame vom Hause?

Olivia. Wendet Euch an mich, ich will für sie antworten. Was beliebt Euch?

Viola. Allerstrahlendste, auserlesene und unvergleichliche Schönheit. – Ich bitte Euch, sagt mir, wer die Dame vom Hause ist, denn ich sah sie noch nie. Ich möchte nicht gern meine Rede verkehrt anbringen, denn außerdem, daß sie meisterhaft abgefaßt ist, habe ich mir viele Mühe gegeben, sie auswendig zu lernen. Meine Schönen, habt mich nicht zum besten: ich bin erstaunlich empfindlich, selbst gegen die geringste üble Begegnung.

Olivia. Woher kommt Ihr, mein Herr?

Viola. Ich kann wenig mehr sagen, als ich studiert habe, und diese Frage steht nicht in meiner Rolle. Liebes Kind, gebt mir eine ordentliche Versicherung, ob Ihr die Dame vom Hause seid, damit ich in meiner Rede fortfahren kann.

Olivia. Seid Ihr ein Schauspieler?

Viola. Nein, mein verschwiegnes Herz! Und doch schwöre ich Euch bei allen Schlingen der Arglist, ich bin nicht, was ich spiele. Seid Ihr die Dame vom Hause?

Olivia. Wenn ich mir nicht zu viel über mich selbst anmaße, so bin ich es.

Viola. Gewiß, wenn Ihr es seid, so maßt Ihr Euch zu viel über Euch selbst an: denn was Euer ist, es zu gewähren, ist nicht Euer, um es zu verweigern. Doch dies gehört nicht mit zu meinem Auftrage: ich will in meiner Rede zu euerm Lobe fortfahren und Euch dann den Kern meiner Botschaft darreichen.

Olivia. Kommt auf das Wesentliche; ich erlasse Euch das Lob.

Viola. Ach! ich habe mir so viel Mühe gegeben, es auswendig zu lernen, und es ist poetisch.

Olivia. Um so eher mag es erdichtet sein; ich bitte Euch, behaltet es für Euch. Ich hörte, Ihr hättet Euch vor meiner Tür unartig aufgeführt, und erlaubte Euch den Zutritt, mehr um mich über Euch zu verwundern, als um Euch anzuhören. Wenn Ihr nicht unklug seid, so geht; wenn Ihr Vernunft habt, seid kurz; es ist bei mir nicht das Wetter darnach, in einem so grillenhaften[12] Gespräch eine Person abzugeben.

Maria. Wollt Ihr unter Segel gehn, Herr? Hier geht Euer Weg hin.

Viola. Nein, guter Schiffsjunge; ich will hier noch ein wenig länger herumkreuzen. – Macht doch Euern Riesen da ein wenig zahm, mein schönes Fräulein.

Olivia. Sagt, was Ihr wollt.

Viola. Ich bin ein Botschafter.

Olivia. Gewiß, Ihr müßt etwas Entsetzliches anzubringen haben, da Ihr so furchtbare Zeremonien dabei macht. Sagt Euern Auftrag.

Viola. Er ist nur für Euer Ohr bestimmt. Ich bringe keine Kriegserklärung, fordre keine Huldigung ein; ich halte den Ölzweig in meiner Hand und rede nichts als Worte des Friedens.

Olivia. Doch begannt Ihr ungestüm. Wer seid Ihr? Was wollt Ihr?

Viola. Den Ungestüm, den ich blicken ließ, lernte ich von meiner Aufnahme. Was ich bin und was ich will, ist so geheim wie jungfräuliche Reize; für Euer Ohr Offenbarung, für jedes andre Entweihung.

Olivia. Laß uns das Feld allein. *(Maria ab.)* Wir wollen diese Offenbarung vernehmen. Nun, Herr, wie lautet Euer Text?

Viola. Schönstes Fräulein –

Olivia. Eine tröstliche Lehre, und läßt sich viel darüber sagen. Wo steht Euer Text?

Viola. In Orsinos Brust.

Olivia. In seiner Brust? In welchem Kapitel seiner Brust?

Viola. Um methodisch zu antworten, im ersten seines Herzens.

Olivia. Oh, ich hab es gelesen: es ist Ketzerei. Habt Ihr weiter nichts zu sagen?

Viola. Liebes Fräulein, laßt mich Euer Gesicht sehn.

Olivia. Habt Ihr irgendeinen Auftrag von Eurem Herrn, mit meinem Gesicht zu verhandeln? Jetzt seid Ihr aus dem Text gekommen. Doch will ich den Vorhang wegziehn und Euch das Gemälde weisen. *(Sie entschleiert sich.)* Seht, Herr, so sah ich in diesem Augenblick aus. Ist die Arbeit nicht gut?

Viola. Vortrefflich, wenn sie Gott allein gemacht hat.

Olivia. Es ist echte Farbe, Herr; es hält Wind und Wetter aus.

Viola. 's ist reine Schönheit, deren Rot und Weiß
Natur mit zarter, schlauer Hand verschmelzte:
Fräulein, Ihr seid die grausamste, die lebt,
Wenn Ihr zum Grabe diese Reize tragt
Und laßt der Welt kein Abbild.

Olivia. O Herr, ich will nicht so hartherzig sein: ich will Verzeichnisse von meiner Schönheit ausgehn lassen; es wird ein Inventarium davon gemacht und jedes Teilchen und Stückchen meinem Testamente angehängt: als item zwei leidlich rote Lippen; item zwei blaue[13] Augen nebst Augenlidern dazu; item ein Hals, ein Kinn und so weiter. Seid Ihr hieher geschickt, um mich zu taxieren?

Viola. Ich seh Euch, wie Ihr seid: Ihr seid zu stolz;
Doch wärt Ihr auch der Teufel, Ihr seid schön.
Mein Herr und Meister liebt Euch: solche Liebe
Kann *nur* vergolten werden, würdet Ihr
Als Schönheit ohnegleichen auch gekrönt.

Olivia. Wie liebt er mich?

Viola. Mit Tränenflut der Anbetung[14], mit Stöhnen,
Das Liebe donnert, und mit Flammenseufzern.

Olivia. Er kennt mich, daß ich ihn nicht lieben kann.
Doch halt ich ihn für tugendhaft, ich weiß,
Daß er von edlem Stamm, von großen Gütern
In frischer, fleckenloser Jugend blüht;
Geehrt vom Ruf, gelehrt, freigebig, tapfer,
Und von Gestalt und Gaben der Natur
Ein feiner Mann; doch kann ich ihn nicht lieben.
Er konnte längst sich den Bescheid erteilen.

Viola. O liebt' ich Euch mit meines Herren Glut,
Mit solcher Pein, so todesgleichem Leben,
Ich fänd' in Euerm Weigern keinen Sinn,
Ich würd' es nicht verstehn.

Olivia. Nun wohl, was tätet Ihr?
Viola. Ich baut' an Eurer Tür ein Weidenhüttchen
Und riefe meiner Seel' im Hause zu,
Schrieb' fromme Lieder der verschmähten Liebe
Und sänge laut sie durch die stille Nacht,
Ließ' Euern Namen an die Hügel hallen,
Daß die vertraute Schwätzerin der Luft
Olivia schrie. Oh, Ihr solltet mir
Nicht Ruh' genießen zwischen Erd' und Himmel,
Bevor Ihr Euch erbarmt!
Olivia. Wer weiß, wie weit
Ihr's bringen könntet! Wie ist Eure Herkunft?
Viola. Obschon mir's wohl geht, über meine Lage:
Ich bin ein Edelmann.
Olivia. Geht nur zu Eurem Herrn:
Ich lieb ihn nicht, laßt ihn nicht weiter schicken,
Wo Ihr nicht etwa wieder zu mir kommt,
Um mir zu melden, wie er's nimmt. Lebt wohl!
Habt Dank für Eure Müh! Denkt mein hiebei!
Viola. Steckt Euern Beutel ein, ich bin kein Bote;
Mein Herr bedarf Vergeltung, nicht ich selbst.
Die Liebe härte dessen Herz zu Stein,
Den Ihr einst liebt, und der Verachtung nur
Sei Eure Glut, wie meines Herrn, geweiht!
Gehabt Euch wohl dann, schöne Grausamkeit! *(Ab.)*
Olivia. Wie ist Eure Herkunft?
»Obschon mir's wohl geht, über meine Lage:
Ich bin ein Edelmann.« – Ich schwöre drauf;
Dein Antlitz, deine Zunge, die Gebärden,
Gestalt und Mut sind dir ein fünffach Wappen.
Doch nicht zu hastig! nur gemach, gemach!
Der Diener müßte denn der Herr sein. – Wie?
Weht Ansteckung so gar geschwind uns an?
Mich deucht, ich fühle dieses Jünglings Gaben
Mit unsichtbarer, leiser Überraschung
Sich in mein Auge schleichen. – Wohl, es sei!
Heda, Malvolio!
(Malvolio kommt.)
Malvolio. Hier, Fräulein, zu Befehl.
Olivia. Lauft diesem eigensinn'gen Abgesandten
Des Grafen nach; er ließ hier diesen Ring,
Was ich auch tat: sagt ihm, ich woll' ihn nicht.

Nicht schmeicheln soll er seinem Herrn, noch ihn
Mit Hoffnung täuschen; nimmer werd ich sein.
Wenn etwa morgen hier der junge Mensch
Vorsprechen will, soll er den Grund erfahren.
Mach fort, Malvolio!

Malvolio. Das will ich, Fräulein. *(Ab.)*

Olivia. Ich tu, ich weiß nicht was: wofern nur nicht
Mein Auge mein Gemüt zu sehr besticht.
Nun walte, Schicksal! Niemand ist sein eigen;
Was sein soll, muß geschehn: so mag sich's zeigen! *(Ab.)*

ZWEITER AUFZUG

ERSTE SZENE

Die Seeküste.

(Antonio und Sebastian treten auf.)

Antonio. Wollt Ihr nicht länger bleiben? und wollt auch nicht, daß ich mit Euch gehe?

Sebastian. Mit Eurer Erlaubnis, nein. Meine Gestirne schimmern dunkel auf mich herab: die Mißgunst meines Schicksals könnte vielleicht das Eurige anstecken. Ich muß mir daher Eure Einwilligung ausbitten, meine Leiden allein zu tragen. Es wär' ein schlechter Lohn für Eure Liebe, Euch irgend etwas davon aufzubürden.

Antonio. Laßt mich doch noch wissen, wohin Ihr Euren Weg richtet.

Sebastian. Nein, Herr, verzeiht mir! Die Reise, die ich vorhabe, ist nichts als ein toller Einfall. Doch werde ich an Euch einen vortrefflichen Zug von Bescheidenheit gewahr, daß Ihr mir nicht abnötigen wollt, was ich zu verschweigen wünsche; um so eher verbindet mich gute Sitte, mich Euch zu offenbaren. Mein Vater war der Sebastian von Metelin, von dem Ihr, wie ich weiß, gehört habt. Er hinterließ mich und eine Schwester, beide in einer Stunde geboren: hätt' es dem Himmel gefallen, so wollt' ich, wir hätten auch so geendigt! Aber dem kamt Ihr zuvor: denn etwa eine Stunde, ehe Ihr mich aus dem Schiffbruch rettetet, war meine Schwester ertrunken.

Antonio. Guter Himmel!

Sebastian. Sie war ein Mädchen, das, ob man gleich sagte, sie sehe mir sehr ähnlich, von vielen für schön gehalten ward; aber konnt' ich auch darin nicht mit so übertriebner Bewundrung einstimmen, so darf ich doch kühnlich behaupten, ihr Gemüt war so geartet, daß der Neid es selbst schön nennen mußte. Sie ertrank in der salzigen Flut, ob ich gleich ihr Andenken von neuem damit zu ertränken scheine.

Antonio. Verzeiht mir, Herr, Eure schlechte Bewirtung.

Sebastian. O bester Antonio, vergebt mir Eure Beschwerden.

Antonio. Wenn Ihr mich nicht für meine Liebe umbringen wollt, so laßt mich Euern Diener sein.

Sebastian. Wenn Ihr nicht zerstören wollt, was Ihr getan, nämlich den umbringen, den Ihr gerettet habt, so verlangt es nicht. Lebt ein für allemal wohl! Mein Herz ist voller Zärtlichkeit, und ich habe noch so viel von der Art meiner Mutter an mir, wenn Ihr mir noch den geringsten Anlaß gebt, werden meine Augen davon überfließen. Ich will zum Hofe des Grafen Orsino: lebt wohl! *(Ab.)*

Antonio. Mög' aller Götter Milde dich geleiten! –
Ich hab am Hof Orsinos viele Feinde,
Sonst ging' ich nächstens hin, dich dort zu sehn.
Doch mag's drum sein! Du liegst mir so am Herzen,
Ich will zu dir und mit Gefahren scherzen. *(Ab.)*

ZWEITE SZENE

Eine Straße.

(Viola, Malvolio aus verschiedenen Türen.)

Malvolio. Wart Ihr nicht eben jetzt bei der Gräfin Olivia?

Viola. Eben jetzt, mein Herr, in einem mäßigen Schritte bin ich seitdem nur bis hieher gekommen.

Malvolio. Sie schickt Euch diesen Ring wieder, Herr; Ihr hättet mir die Mühe sparen können, wenn Ihr ihn selbst mitgenommen hättet. Sie fügt außerdem hinzu, Ihr solltet Euern Herrn aufs bündigste bedeuten, daß sie ihn nicht will. Noch eins: Ihr möchtet Euch niemals erdreisten, in seinen Angelegenheiten wieder zu ihr zu kommen, es wäre denn, um zu berichten, wie Euer Herr dies aufgenommen hat. So nehmt ihn hin!

Viola. Sie nahm den Ring von mir, ich will ihn nicht.

Malvolio. Hört, Ihr habt ihn ihr ungestüm[15] hingeworfen, und ihr Wille ist, ich soll ihn ebenso zurückgeben. Ist es der Mühe wert, sich darnach zu bücken, so liegt er hier vor Euern Augen; wo nicht, so nehm' ihn der erste, der ihn findet. *(Ab.)*

Viola. Ich ließ ihr keinen Ring: was meint dies Fräulein?
Verhüte, daß mein Schein sie nicht betört!
Sie faßt' ins Auge mich; fürwahr so sehr,
Als ließ' sie ganz die Zunge aus den Augen.
Sie sprach verwirrt in abgebrochnen Reden.
Sie liebt mich, ja! Die Schlauheit ihrer Neigung
Läd mich durch diesen mürr'schen Boten ein.
Der Ring von meinem Herrn? – Er schickt' ihr keinen:
Ich bin der Mann. – Wenn dem so ist, so täte
Die Arme besser, einen Traum zu lieben.
Verkleidung! Du bist eine Schalkheit, seh ich,
Worin der list'ge Feind gar mächtig ist.
Wie leicht wird's hübschen Gleisnern nicht, ihr Bild
Der Weiber weichen Herzen einzuprägen!
Nicht wir sind schuld, ach! unsre Schwäch' allein:
Wie wir gemacht sind, müssen wir ja sein.
Wie soll das gehn? Orsino liebt sie zärtlich;
Ich armes Ding bin gleich verliebt in ihn,
Und sie, Betrogne, scheint in mich vergafft.
Was soll draus werden? Wenn ich Mann bin, muß
Ich an der Liebe meines Herrn verzweifeln;
Und wenn ich Weib bin: lieber Himmel, ach!
Wie fruchtlos wird Olivia seufzen müssen!
O Zeit! du selbst entwirre dies, nicht ich;
Ein zu verschlungner Knoten ist's für mich. *(Ab.)*

DRITTE SZENE

Ein Zimmer in Olivias Hause.

(Junker Tobias und Junker Christoph.)

Junker Tobias. Kommt, Junker Christoph! Nach Mitternacht nicht zu Bette sein heißt früh auf sein und diluculo surgere, weißt du –

Junker Christoph. Nein, bei meiner Ehre, ich weiß nicht; aber ich weiß: spät aufbleiben ist spät aufbleiben.

Junker Tobias. Ein falscher Schluß, mir so zuwider wie 'ne leere Kanne. Nach Mitternacht auf sein und dann zu Bett gehn ist früh; und also heißt nach Mitternacht zu Bett gehn früh zu Bett gehn. Besteht unser Leben nicht aus den vier Elementen?

Junker Christoph. Ja wahrhaftig, so sagen sie; aber ich glaube eher, daß es aus Essen und Trinken besteht.

Junker Tobias. Du bist ein Gelehrter; laß uns also essen und trinken. – Heda Marie! – Ein Stübchen Wein!

(Der Narr kommt.)

Junker Christoph. Da kommt der Narr, mein Seel.

Narr. Was macht ihr Herzenskinder? Sollen wir im Wirtshaus zu den drei Narren einkehren?

Junker Tobias. Willkommen, du Eselskopf! Laß uns einen Kanon singen.

Junker Christoph. Mein Seel, der Narr hat eine prächtige Lunge. Ich wollte ein halb Dutzend Dukaten drum geben, wenn ich so 'ne Wade hätte und so 'nen schönen Ton zum Singen wie der Narr. Wahrhaftig, du brachtest gestern abend charmante Possen vor, da du von Pigrogromitus erzähltest, von den Vapianern, die die Linie von Queubus passieren. Es war prächtig, meiner Treu. Ich schickte dir einen Batzen für dein Schätzchen. Hast ihn gekriegt?

Narr. Ich habe dein Präsent in den Sack gesteckt, denn Malvolios Nase ist kein Peitschenstiel; mein Fräulein hat eine weiße Hand, und die Myrmidonier sind keine Bierhäuser.

Junker Christoph. Herrlich! So geht das Spaßen am besten, wenn alles vorbei ist[16]. Nun sing eins.

Junker Tobias. Mach zu, da hast du einen Batzen; laß uns ein Lied hören.

Junker Christoph. Da hast du auch einen von mir: was dem einen recht ist –

Narr. Wollt ihr ein Liebeslied oder ein Lied von gutem Lebenswandel?

Junker Tobias. Ein Liebeslied! ein Liebeslied!

Junker Christoph. Ja! ja! ich frage nichts nach gutem Lebenswandel.

Narr *(singt)*. O Schatz! auf welchen Wegen irrt Ihr?

O bleibt und hört! der Liebste girrt hier,
Singt in hoh' und tiefem Ton.
Hüpft nicht weiter, zartes Kindlein!
Liebe find't zuletzt ihr Stündlein,
Das weiß jeder Muttersohn.

Junker Christoph. Exzellent, wahrhaftig!

Junker Tobias. Schön! schön!

Narr *(singt)*. Was ist die Lieb'? Sie ist nicht künftig;
Gleich gelacht ist gleich vernünftig,
Was noch kommen soll, ist weit.
Wenn ich zögre, so verscherz ich;
Komm denn, Liebchen, küß mich herzig!
Jugend hält so kurze Zeit.

Junker Christoph. Eine honigsüße Stimme, so wahr ich ein Junker bin!

Junker Tobias. Eine reine Kehle!

Junker Christoph. Recht süß und rein, wahrhaftig!

Junker Tobias. Ja, wenn man sie durch die Nase hört, süß bis zum Übelwerden. Aber sollen wir den Himmel voll Geigen hängen? Sollen wir die Nachteule mit einem Kanon aufstören, der einem Leinweber drei Seelen aus dem Leibe haspeln könnte?

Junker Christoph. Ja, wenn ihr mich lieb habt, so tut das. Ich bin wie der Teufel auf einen Kanon. Stimmt an:

»Du Schelm –«

Narr. »Halt's Maul, du Schelm?« Da würd' ich ja genötigt sein, dich Schelm zu nennen, Junker.

Junker Christoph. Es ist nicht das erste Mal, daß ich jemand nötige, mich Schelm zu nennen. Fang an, Narr! Es fängt an: »Halt's Maul!«

Narr. Ich kann niemals anfangen, wenn ich das Maul halte.

Junker Christoph. Das ist, mein Seel, gut! Nu, fang an.

(Sie singen einen Kanon.)

(Maria kommt.)

Maria. Was macht ihr hier für ein Katzenkonzert? Wenn das Fräulein nicht ihren Haushofmeister Malvolio gerufen hat, daß er euch aus dem Hause werfen soll, so will ich nicht ehrlich sein.

Junker Tobias. Das Fräulein ist ein Tuckmäuser; wir sind Kannengießer[17]; Malvolio ist eine alte Käthe, und *(singt)*

Drei lust'ge Kerle sind allhier.

Bin ich nicht ihr Blutsverwandter? Bin ich nicht aus ihrem Geblüt? lala, Fräulein! *(singt)*

In Babylon da wohnt ein Mann!
Lalalalalala!

N a r r. Weiß der Himmel! der Junker gibt prächtige Narrenstreiche an.

J u n k e r C h r i s t o p h. Ja, das kann er so ziemlich, wenn er aufgelegt ist, und ich auch. Ihm steht es besser, aber mir steht es natürlicher.

J u n k e r T o b i a s *(singt)*.

Am zwölften Tag im Wintermond –

N a r r.[18] Um des Himmels willen, still!

(Malvolio kommt.)

M a l v o l i o. Seid ihr toll, ihr Herren? oder was seid ihr? Habt ihr keine Scham noch Schande, daß ihr so spät in der Nacht wie Zahnbrecher[19] schreit? Wollt ihr des gnädigen Fräuleins Haus zur Schenke machen, daß ihr eure Schuhflickermelodien mit so unbarmherziger Stimme herausquäkt? Könnt ihr weder Maß noch Ziel halten?

J u n k e r T o b i a s. Wir haben bei unserm Singen recht gut Maß gehalten. Geht zum Kuckuck!

M a l v o l i o. Junker Tobias, ich muß rein heraus mit Euch sprechen. Das gnädige Fräulein trug mir auf, Euch zu sagen, ob sie Euch gleich als Verwandten beherbergt, so habe sie doch nichts mit Euren Unordnungen zu schaffen. Wenn Ihr Euch von Eurer üblen Aufführung losmachen könnt, so seid Ihr in ihrem Hause willkommen. Wo nicht, und es beliebt Euch Abschied von ihr zu nehmen, so wird sie Euch sehr gern Lebewohl sagen.

J u n k e r T o b i a s *(singt)*.

Leb wohl, mein Schatz, ich muß von hinnen gehn.

M a r i a. Ich bitt Euch, Junker Tobias.

N a r r *(singt)*.

Man sieht's ihm an, bald ist's um ihn geschehn.

M a l v o l i o. Wollt Ihr es durchaus nicht lassen?

J u n k e r T o b i a s *(singt)*.

Ich sterbe nimmermehr.

N a r r *(singt)*.

Da, Junker, lügt Ihr sehr.

M a l v o l i o. Es macht Euch wahrhaftig viel Ehre.

J u n k e r T o b i a s *(singt).*
Heiß ich gleich ihn gehn?

N a r r *(singt).*
Was wird daraus entstehn?

J u n k e r T o b i a s *(singt).*
Heiß ich gleich ihn gehn, den Wicht?

N a r r *(singt).*
Nein, nein, nein, Ihr wagt es nicht.

J u n k e r T o b i a s. Aus dem Takt,[20] Kerl! gelogen! – Bist du was mehr als ein Haushofmeister? Vermeinest du, weil du tugendhaft seiest, solle es in der Welt keine Torten und keinen Wein mehr geben?

N a r r. Das soll's, bei Sankt Kathrinen! und der Ingwer soll Euch noch im Munde brennen.

J u n k e r T o b i a s. Du hast Recht. – Geht, Herr, tut groß gegen das Gesinde. – Ein Stübchen Wein, Maria!

M a l v o l i o. Jungfer Maria, wenn Ihr Euch das geringste aus der Gnade des Fräuleins machtet, so würdet Ihr diesem unfeinen Lebenswandel keinen Vorschub geben. Sie soll es wissen, bei meiner Ehre. *(Ab.)*

M a r i a. Geh und brumme nach Herzenslust.

J u n k e r C h r i s t o p h. Es wär' eben so ein gutes Werk, als zu trinken, wenn man hungrig ist, wenn ihn einer herausforderte und ihm dann sein Wort nicht hielte und ihn zum Narren hätte.

J u n k e r T o b i a s. Tu das, Junker; ich will dir eine Ausforderung schreiben, oder ich will ihm deine Entrüstung mündlich kundtun.

M a r i a. Lieber Junker Tobias, haltet Euch nur diese Nacht still: seit der junge Mann vom Grafen heute bei dem Fräulein war, ist sie sehr unruhig. Mit Musje Malvolio laßt mich nur machen. Wenn ich ihn nicht so foppe, daß er zum Sprichwort und zum allgemeinen Gelächter wird, so glaubt nur, daß ich nicht gescheit genug bin, um grade im Bette zu liegen. Ich bin meiner Sache gewiß.

J u n k e r T o b i a s. Laß hören! laß hören! Erzähle uns was von ihm.

M a r i a. Nun Herr, er ist manchmal eine Art von Pietisten.

J u n k e r C h r i s t o p h. O, wenn ich das wüßte, so wollte ich ihn hundemäßig prügeln.

J u n k e r T o b i a s. Was? Weil er ein Pietist ist? Deine wohlerwognen Gründe, Herzensjunker?

Junker Christoph. Wohlerwogen sind meine Gründe eben nicht, aber sie sind doch gut genug.

Maria. Den Henker mag er ein Pietist oder sonst etwas anders auf die Dauer sein, als einer, der den Mantel nach dem Winde hängt. Ein gezierter Esel, der vornehme Redensarten auswendig lernt und sie bei großen Brocken wieder von sich gibt; aufs beste mit sich selbst zufrieden, wie er meint, so ausgefüttert mit Vollkommenheiten, daß es ein Glaubensartikel bei ihm ist, wer ihn ansieht, müsse sich in ihn verlieben. Dies Laster an ihm wird meiner Rache vortrefflich zustatten kommen.

Junker Tobias. Was hast du vor?

Maria. Ich will ihm unverständliche Liebesbriefe in den Weg werfen, worin er sich nach der Farbe seines Bartes, dem Schnitt seiner Waden, der Weise seines Ganges, nach Augen, Stirn und Gesichtsfarbe handgreiflich abgeschildert finden soll. Ich kann genau so wie das Fräulein, Eure Nichte, schreiben: wenn uns ein Zettel über eine vergeßne Sache vorkommt, so können wir unsre Hände kaum unterscheiden.

Junker Tobias. Herrlich! ich wittre den Pfiff.

Junker Christoph. Er sticht mir auch in der Nase.

Junker Tobias. Er soll denken, die Briefe, die du ihm in den Weg fallen lässest, kämen von meiner Nichte und sie wäre in ihn verliebt.

Maria. Ja, so sieht der Handel ungefähr aus.[21]

Junker Christoph. O, es wird prächtig sein!

Maria. Ein königlicher Spaß, verlaßt euch drauf: ich weiß, mein Tränkchen wird bei ihm wirken. Ich will euch beide – der Narr kann den dritten Mann abgeben – auf die Lauer stellen, wo er den Brief finden soll. Gebt acht, wie er ihn auslegt. Für heute Nacht zu Bett, und laßt euch von der Kurzweil träumen. Adieu. *(Ab.)*

Junker Tobias. Gute Nacht, Amazone.

Junker Christoph. In meinen Augen[22] ist sie 'ne brave Dirne.

Junker Tobias. Sie ist ein artiges Kätzchen, und sie betet mich an; doch was will das sagen?

Junker Christoph. Ich wurde auch einmal angebetet.

Junker Tobias. Komm zu Bett, Junker. – Es täte Not, daß du dir Geld kommen ließest.

Junker Christoph. Wenn ich Eurer Nichte nicht habhaft werden kann, so habe ich mich schlimm gebettet.

Junker Tobias. Laß Geld kommen, Junker; wenn du sie nicht am Ende noch kriegst, so will ich Matz heißen.

Junker Christoph. Wenn ich sie nicht kriege, so bin ich kein ehrlicher Kerl, nehmt's, wie Ihr wollt.

Junker Tobias. Komm, komm! Ich will gebrannten Wein zurechtmachen, es ist jetzt zu spät, zu Bette zu gehn. Komm, Junker! komm, Junker! *(Ab.)*

VIERTE SZENE

Ein Zimmer im Palaste des Herzogs.

(Der Herzog, Viola, Curio und andre treten auf.)

Herzog. Macht mir Musik! – Ei guten Morgen, Freunde! –
Nun dann, Cesario, jenes Stückchen nur,
Das alte schlichte Lied von gestern abend!
Mich dünkt, es linderte den Gram mir sehr,
Mehr als gesuchte Wort' und luft'ge Weisen
Aus dieser raschen wirbelfüß'gen Zeit.
Kommt! eine Strophe nur!

Curio. Euer Gnaden verzeihn, der es singen sollte, ist nicht hier.

Herzog. Wer war es?

Curio. Fest, der Spaßmacher, gnädiger Herr; ein Narr, an dem Fräulein Olivias Vater großes Behagen fand. Er wird nicht weit von hier sein.

Herzog. So sucht ihn auf, und spielt die Weis' indes.
(Curio ab. Musik.)
Komm näher, Junge. – Wenn du jemals liebst,
Gedenke meiner in den süßen Qualen.
Denn so wie ich sind alle Liebenden,
Unstet und launenhaft in jeder Regung,
Das stete Bild des Wesens ausgenommen,
Das ganz geliebt wird. – Magst du diese Weise?

Viola. Sie gibt ein rechtes Echo jenem Sitz,
Wo Liebe thront.

Herzog. Du redest meisterhaft.
Mein Leben wett ich drauf, jung wie du bist,
Hat schon dein Aug' um werte Gunst gebuhlt.
Nicht, Kleiner?

Viola. Ja, mit Eurer Gunst, ein wenig.
Herzog. Was für ein Mädchen ist's?
Viola. Von Eurer Farbe.
Herzog. So ist sie dein nicht wert. Von welchem Alter?
Viola. Von Eurem etwa, gnäd'ger Herr.
Herzog. Zu alt, beim Himmel! Wähle doch das Weib
Sich einen Ältern stets! So fügt sie sich ihm an,
So herrscht sie dauernd in des Gatten Brust.
Denn, Knabe, wie wir uns auch preisen mögen,
Sind unsre Neigungen doch wankelmüt'ger,
Unsichrer, schwanker, leichter her und hin[23]
Als die der Fraun.
Viola. Ich glaub es, gnäd'ger Herr.
Herzog. So wähl dir eine jüngere Geliebte,
Sonst hält unmöglich deine Liebe stand.
Denn Mädchen sind wie Rosen: kaum entfaltet,
Ist ihre holde Blüte schon veraltet.
Viola. So sind sie auch: ach! muß ihr Los so sein,
Zu sterben grad im herrlichsten Gedeihn?
(Curio kommt zurück und der Narr.)
Herzog.
Komm, Bursch! Sing uns das Lied von gestern abend.
Gib acht, Cesario, es ist alt und schlicht;
Die Spinnerinnen in der freien Luft,
Die jungen Mägde, wenn sie Spitzen weben,
So pflegen sie's zu singen; 's ist einfältig,
Und tändelt mit der Unschuld süßer Liebe,
So wie die alte Zeit.
Narr. Seid Ihr bereit, Herr?
Herzog. Ja, sing, ich bitte dich.
Narr *(singt)*.
Komm herbei, komm herbei, Tod!
Und versenk in Zypressen den Leib.
Laß mich frei, laß mich frei, Not!
Mich erschlägt ein holdseliges Weib.
Mit Rosmarin mein Leichenhemd,
O bestellt es!
Ob Lieb' ans Herz mir tödlich kömmt,
Treu' hält es.

Keine Blum', keine Blum' süß
Sei gestreut auf den schwärzlichen Sarg.

Keine Seel', keine Seel' grüß'
Mein Gebein, wo die Erd' es verbarg.
Um Ach und Weh zu wenden ab,
Bergt alleine
Mich, wo kein Treuer wall' ans Grab,
Und weine.

Herzog. Da hast du was für deine Mühe.

Narr. Keine Mühe, Herr; ich finde Vergnügen am Singen.

Herzog. So will ich dein Vergnügen bezahlen.

Narr. Gut, Herr; das Vergnügen macht sich über kurz oder lang immer bezahlt.

Herzog. Erlaube mir, dich zu beurlauben.

Narr. Nun, der schwermütige Gott beschirme dich, und der Schneider mache dir ein Wams von Schillertaft, denn dein Gemüt ist ein Opal, der in alle Farben spielt! Leute von solcher Beständigkeit sollte man auf die See schicken, damit sie alle Dinge treiben und nach allen Winden steuern müßten, denn wenn man nicht weiß, wo man hin will, so kommt man am weitesten. – Gehabt Euch wohl. *(Ab.)*

Herzog. Laßt uns, ihr andern! –

(Curio und Gefolge ab.)

Einmal noch, Cesario,
Begib dich zu der schönen Grausamkeit:
Sag, meine Liebe, höher als die Welt,
Fragt nicht nach weiten Strecken staub'gen Landes;
Die Gaben, die das Glück ihr zugeteilt,
Sag ihr, sie wiegen leicht mir wie das Glück.
Das Kleinod ist's, der Wunderschmuck, worein
Natur sie faßte, was mich an sie zieht.

Viola. Doch, Herr, wenn sie Euch nun nicht lieben kann?

Herzog. Die Antwort nehm ich nicht.

Viola. Ihr müßt ja doch.
Denkt Euch, ein Mädchen, wie's vielleicht eins gibt,
Fühl' ebensolche Herzenspein um Euch,
Als um Olivien Ihr; Ihr liebt sie nicht,
Ihr sagt's Ihr: muß sie nicht die Antwort nehmen?

Herzog. Nein, keines Weibes Brust
Erträgt der Liebe Andrang, wie sie klopft
In meinem Herzen; keines Weibes Herz
Umfaßt so viel; sie können nicht beharren.
Ach, deren Liebe kann Gelüst nur heißen

(Nicht Regung ihres Herzens, nur des Gaums),
Die Sattheit, Ekel, Überdruß erleiden,
Doch meine ist so hungrig wie die See,
Und kann gleich viel verdaun: vergleiche nimmer
Die Liebe, so ein Weib zu mir kann hegen,
Mit meiner zu Olivien.

Viola. Ja, doch ich weiß –

Herzog. Was weißt du? Sag mir an.

Viola. Zu gut nur, was ein Weib für Liebe hegen kann.
Fürwahr, sie sind so treuen Sinns wie wir.
Mein Vater hatt' eine Tochter, welche liebte,
Wie ich vielleicht, wär' ich ein Weib, mein Fürst,
Euch lieben würde.

Herzog. Was war ihr Lebenslauf?

Viola. Ein leeres Blatt,
Mein Fürst. Sie sagte ihre Liebe nie
Und ließ Verheimlichung, wie in der Knospe
Den Wurm, an ihrer Purpurwange nagen.
Sich härmend und in bleicher, welker Schwermut
Saß sie wie die Geduld auf einer Gruft,
Dem Grame lächelnd. Sagt, war *das* nicht Liebe?
Wir Männer mögen leicht mehr sprechen, schwören,
Doch der Verheißung steht der Wille nach:
Wir sind in Schwüren stark, doch in der Liebe schwach.

Herzog. Starb deine Schwester dann an ihrer Liebe?

Viola. Ich bin, was aus des Vaters Haus an Töchtern
Und auch von Brüdern blieb; und doch, ich weiß nicht –
Soll ich zum Fräulein?

Herzog. Ja, das ist der Punkt.
Auf! eile! Gib ihr dieses Kleinod; sage,
Daß ich noch Weigern, noch Verzug ertrage.

(Beide ab.)

FÜNFTE SZENE

Olivias Garten.

(Junker Tobias, Junker Christoph und Fabio treten auf.)

Junker Tobias. Komm dieses Wegs, Signor Fabio.

Fabio. Freilich werd ich kommen. Wenn ich einen Gran von diesem Spaß verlorengehn lasse, so will ich in Melancholie zu Tode gebrüht werden.

Junker Tobias. Würdest du dich nicht freun, den knauserigen, hundsföttischen Spitzbuben in Schimpf und Schande gebracht zu sehen?

Fabio. Ja, Freund, ich würde triumphieren; Ihr wißt, er brachte mich einmal um die Gunst des gnädigen Fräuleins, wegen einer Fuchsprelle.[24]

Junker Tobias. Ihm zum Ärger soll der Fuchs noch einmal dran; und wir wollen ihn braun und blau prellen. Nicht wahr, Junker Christoph?

Junker Christoph. So wir das nicht täten, möchte sich der Himmel über uns erbarmen.

(Maria kommt.)

Junker Tobias. Hier kommt der kleine Schelm. – Nun wie steht's, mein Goldmädchen?

Maria. Stellt euch alle drei hinter die Hecke: Malvolio kommt diesen Gang herunter. Er ist seit einer halben Stunde dort in der Sonne gewesen und hat seinem eignen Schatten Künste gelehrt. Gebt acht auf ihn, bei allem was lustig ist! Denn ich weiß, dieser Brief wird einen nachdenklichen Pinsel aus ihm machen. Still, so lieb euch ein Schwank ist! – *(Die Männer verbergen sich.)* Lieg du hier *(sie wirft den Brief hin)*, denn dort kommt die Forelle, die mit Kitzeln gefangen werden muß. *(Ab.)*

(Malvolio kommt.)

Malvolio. 's ist nur ein Glück, alles ist Glück. – Maria sagte mir einmal, sie hegte eine Neigung zu mir; und ich habe sie selbst es schon so nahe geben hören, wenn sie sich verlieben sollte, so müßte es jemand von meiner Statur sein. Außerdem begegnet sie mir mit einer ausgezeichneteren Achtung als irgend jemandem in ihrem Dienst. Was soll ich davon denken?

Junker Tobias. Der eingebildete Schuft!

Fabio. O still! Die Beratschlagung macht einen stattlichen kalekutischen Hahn aus ihm. Wie er sich unter seinen ausgespreizten Federn bläht!

Junker Christoph. Sakrament; ich könnte den Schuft so prügeln!

Junker Tobias. Still, sag ich.

Malvolio. Graf Malvolio zu sein. –

Junker Tobias. O du Schuft!

Junker Christoph. Schießt ihn tot! Schießt ihn tot!

Junker Tobias. Still! still!

Malvolio. Man hat Beispiele: die Oberhofmeisterin hat einen Kammerdiener geheiratet.

Junker Christoph. Pfui, daß dich!

Fabio. O still! Nun steckt er tief drin; seht, wie ihn die Einbildungskraft aufbläst!

Malvolio. Bin ich alsdann drei Monate mit ihr vermählt gewesen, und sitze in meinem Prachtsessel –

Junker Tobias. Eine Windbüchse her, um ihm ins Auge zu schießen!

Malvolio. Rufe meine Beamten um mich her, in meinem geblümten Samtrock; komme soeben von einem Ruhebett, wo ich Olivien schlafend gelassen.

Junker Tobias. Hagel und Wetter!

Fabio. O still! still!

Malvolio. Und dann hat man eine vornehme Laune; und nachdem man seine Blicke nachdrücklich umhergehn lassen und ihnen gesagt hat: man kenne seinen Platz und sie möchten auch den ihrigen kennen, fragt man nach dem Vetter Tobias. –

Junker Tobias. Höll' und Teufel!

Fabio. O still, still, still! Jetzt, jetzt!

Malvolio. Sieben von meinen Leuten springen mit untertäniger Eilfertigkeit nach ihm hinaus: ich runzle die Stirn indessen, ziehe vielleicht meine Uhr auf oder spiele mit einem kostbaren Ringe. Tobias kommt herein, macht mir da seinen Bückling. –

Junker Tobias. Soll man dem Kerl das Leben lassen?

Fabio. Schweigt doch, und wenn man Euch auch die Worte mit Pferden aus dem Munde zöge.

Malvolio. Ich strecke die Hand so nach ihm aus, indem ich mein vertrauliches Lächeln durch einen strengen Blick des Tadels dämpfe.

Junker Tobias. Und gibt Euch Tobias dann keinen Schlag aufs Maul?

Malvolio. Und sage: Vetter Tobias, da mich mein Schicksal an Eure Nichte gebracht hat, so habe ich das Recht, Euch folgende Vorstellungen zu machen.

Junker Tobias. Was? was?

Malvolio. Ihr müßt den Trunk ablegen.

Junker Tobias. Fort mit dir, Lump!

Fabio. Geduldet Euch doch, oder wir brechen unserm Anschlage den Hals.

Malvolio. Überdies verschwendet Ihr Eure kostbare Zeit mit einem narrenhaften Junker –

Junker Christoph. Das bin ich, verlaßt euch drauf.

Malvolio. Einem gewissen Junker Christoph –

Junker Christoph. Ich wußte wohl, daß ich's war, denn sie nennen mich immer einen Narren.

Malvolio. Was gibt's hier zu tun? *(Er nimmt den Brief auf.)*

Fabio. Nun ist die Schnepfe dicht am Garn.

Junker Tobias. O still! und der Geist der Schwänke gebe ihm ein, daß er laut lesen mag.

Malvolio. So wahr ich lebe, das ist meines Fräuleins Hand. Dies sind grade ihre C's, ihre U's und ihre T's, und so macht sie ihre großen P's. Es ist ohne alle Frage ihre Hand.

Junker Christoph. Ihre C's, ihre U's und ihre T's? Warum das?

Malvolio. »Dem unbekannten Geliebten dies und meine freundlichen Wünsche.« – Das ist ganz ihr Stil. – Mit deiner Erlaubnis, Siegellack! – Sacht! und das Petschaft ist ihre Lukrezia, womit sie zu siegeln pflegt: es ist das Fräulein! An wen mag es sein?

Fabio. Das fängt ihn mit Leib und Seele.

Malvolio.

»Den Göttern ist's kund,
Ich liebe: doch wen?
Verschleuß dich, o Mund!
Nie darf ich's gestehn.«

»Nie darf ich's gestehn.« – Was folgt weiter? Das Silbenmaß verändert! »Nie darf ich's gestehn.« Wenn *du* das wärst, Malvolio?

Junker Tobias. An den Galgen, du Hund!

Malvolio.

»Ich kann gebieten, wo ich liebe;
Doch Schweigen, wie Lukrezias Stahl,
Durchbohrt mein Herz voll zarter Triebe.
M. O. A. I. ist meine Wahl.«

Fabio. Ein unsinniges Rätsel!

Junker Tobias. Eine herrliche Dirne, sag ich!

Malvolio. »M. O. A. I. ist meine Wahl.« Zuerst aber – laß sehn – laß sehn – laß sehn.

Fabio. Was sie ihm für ein Tränkchen gebraut hat!

Junker Tobias. Und wie der Falk darüber herfällt!

Malvolio. »Ich kann gebieten, wo ich liebe.« Nun ja, sie kann über mich gebieten; ich diene ihr, sie ist meine Herrschaft. Nun, das leuchtet jedem notdürftig gesunden Menschenverstande ein. – Dies macht gar keine Schwierigkeit; und der Schluß? Was mag wohl diese Anordnung von Buchstaben bedeuten? Wenn ich machen könnte, daß dies auf die eine oder andre Art an mir zuträfe. – Sacht! M. O. A. I. –

Junker Tobias. O! Ei! Bring das doch heraus! Er ist jetzt auf der Fährte[25].

Fabio. Der Hund schlägt an, als ob er einen Fuchs witterte.

Malvolio. M. – Malvolio – M – nun damit fängt mein Name an.

Fabio. Sagt' ich nicht, er würde es ausfindig machen? Er hat eine treffliche Nase.

Malvolio. M. – Aber dann ist keine Übereinstimmung in dem Folgenden; es erträgt die nähere Beleuchtung nicht: A sollte folgen, aber O folgt.

Fabio. Und mit O wird's endigen, hoff ich.

Junker Tobias. Ja, oder ich will ihn prügeln, bis er O schreit.

Malvolio. Und dann kommt I hinterdrein.

Fabio. I daß dich!

Malvolio. M. O. A. I. – Diese Anspielung ist nicht so klar wie die vorige. Und doch, wenn man es ein wenig handhaben wollte, so würde sich's nach mir bequemen: denn jeder von diesen Buchstaben ist in meinem Namen. Seht, hier folgt Prosa. – »Wenn dies in deine Hände fällt, erwäge. Mein Gestirn erhebt mich über dich, aber sei nicht bange vor der Hoheit. Einige werden hoch geboren, einige erwerben Hoheit, und einigen wird sie zugeworfen. Dein Schicksal tut dir die Hand auf; ergreife es mit Leib und Seele. Und um dich an das zu gewöhnen, was du Hoffnung hast zu werden, wirf deine demütige Hülle ab und erscheine verwandelt. Sei widerwärtig gegen einen Verwandten, mürrisch mit den Bedienten; laß Staatsgespräche von deinen Lippen schallen; lege dich auf ein Sonderlingsbetragen. Das rät dir die, so für dich seufzt. Erinnre dich, wer deine gelben Strümpfe lobte und dich beständig mit kreuzweise gebundnen Kniegürteln zu sehen wünschte:

ich sage, erinnre dich! Nur zu! Dein Glück ist gemacht, wo du es wünschest. Wo nicht, so bleib nur immer ein Hausverwalter, der Gefährte von Lakaien und nicht wert, Fortunas Hand zu berühren. Leb wohl. Sie, welche die Dienstbarkeit mit dir tauschen möchte,

die Glücklich-Unglückselige.«

Das Sonnenlicht ist nicht klarer![26] Es ist offenbar. Ich will stolz sein; ich will politische Bücher lesen; ich will Junker Tobias ablaufen lassen; ich will mich von gemeinen Bekanntschaften säubern; ich will aufs Haar der rechte Mann sein. Ich habe mich jetzt nicht selbst zum besten, daß ich mich etwa von der Einbildung übermannen ließe.[27] Sie lobte neulich meine gelben Strümpfe, sie rühmte meine Kniegürtel; und hier gibt sie sich meiner Liebe kund und nötigt mich mit einer feinen Wendung[28] zu diesen Trachten nach ihrem Geschmack. Ich danke meinen Sternen, ich bin glücklich. Ich will fremd tun, stolz sein, gelbe Strümpfe tragen und die Kniegürtel kreuzweise binden, so schnell sie sich nur anlegen lassen. Die Götter und meine Sterne sei'n gepriesen! – Hier ist noch eine Nachschrift. »Du kannst nicht umhin, mich zu erraten. Wenn du meine Liebe begünstigst, so laß es in deinem Lächeln sichtbar werden. Dein Lächeln steht dir wohl, darum lächle stets in meiner Gegenwart,[29] ich bitte dich.« – Götter, ich danke euch! Ich will lächeln, ich will alles tun, was du verlangst. *(Ab.)*

Fabio. Ich wollte meinen Anteil an diesem Spaße nicht für den reichsten Jahrgehalt vom großen Mogul hingeben.

Junker Tobias. Ich könnte die Dirne für diesen Anschlag zur Frau nehmen.

Junker Christoph. Das könnte ich auch.

Junker Tobias. Und wollte keine andre Aussteuer von ihr verlangen, als noch einen solchen Schwank.

Junker Christoph. Ich auch nicht.

(Maria kommt.)

Fabio. Hier kommt unsre herrliche Vogelstellerin.

Junker Tobias. Willst du deinen Fuß auf meinen Nacken setzen?

Junker Christoph. Oder auch auf meinen?

Junker Tobias. Soll ich meine Freiheit beim Damenspiel gegen dich setzen und dein Sklave werden?

Junker Christoph. Ja wahrhaftig, soll ich's auch?

Junker Tobias. Du hast ihn in solch einen Traum gewiegt, daß er toll werden muß, wenn ihn die Einbildung wieder verläßt.

Maria. Nein, sagt mir im Ernst, wirkt es auf ihn?

Junker Tobias. Wie Brantewein auf eine alte Frau.

Maria. Wenn ihr denn die Frucht von unserm Spaß sehn wollt, so gebt acht auf seine erste Erscheinung bei dem gnädigen Fräulein. Er wird in gelben Strümpfen zu ihr kommen, und das ist eine Farbe, die sie haßt; die Kniegürtel kreuzweise gebunden, eine Tracht, die sie nicht ausstehn kann; und er wird sie anlächeln, was mit ihrer Gemütsverfassung so schlecht übereinstimmt, da sie sich der Melancholie ergeben hat, daß es ihn ganz bei ihr heruntersetzen muß. Wenn ihr es sehn wollt, so folgt mir.

Junker Tobias. Bis zu den Pforten der Hölle, du unvergleichlicher Witzteufel.

Junker Christoph. Ich bin auch dabei.

(Alle ab.)

DRITTER AUFZUG

ERSTE SZENE

Olivias Garten.

(Viola und der Narr mit einer Trommel.)

Viola. Gott grüß' dich, Freund, und deine Musik. Stehst du dich gut bei deiner Trommel?

Narr. Nein, Herr, ich stehe mich gut bei der Kirche.

Viola. Bist du ein Kirchenvorsteher?

Narr. Das nicht, Herr, ich stehe mich gut bei der Kirche, denn ich stehe mich gut in meinem Hause, und mein Haus steht bei der Kirche.

Viola. So könntest du auch sagen, der König stände sich gut bei einer Bettlerin, wenn die Bettlerin bei ihm steht, oder die Kirche stände sich gut bei der Trommel, wenn die Trommel bei der Kirche steht.

Narr. Richtig, Herr. – Seht mir doch dies Zeitalter! Eine Redensart ist nur ein lederner Handschuh für einen witzigen Kopf! wie geschwind kann man die verkehrte Seite herauswenden!

Viola. Ja, das ist gewiß; wer artig mit Worten tändelt, kann sie geschwind leichtfertig machen.

Narr. Darum wollte ich, man hätte meiner Schwester keinen Namen gegeben.

Viola. Warum, Freund?

Narr. Ei, Herr, ihr Name ist ein Wort, und das Tändeln mit dem Wort könnte meine Schwester leichtfertig machen. Aber wahrhaftig, Worte sind rechte Hundsfötter, seit Verschreibungen sie zuschanden gemacht haben.

Viola. Dein Grund?

Narr. Meiner Treu, Herr, ich kann Euch keinen ohne Worte angeben, und Worte sind so falsch geworden, daß ich keine Gründe darauf bauen mag.

Viola. Ich wette, du bist ein lustiger Bursch und kümmerst dich um nichts.

Narr. Nicht doch, Herr, ich bekümmere mich um etwas. Aber auf Ehre, ich kümmere mich nicht um Euch; wenn das heißt, sich um nichts kümmern, so wünschte ich, es möchte Euch unsichtbar machen.

Viola. Bist du nicht Fräulein Olivias Narr?

Narr. Keinesweges, Herr. Fräulein Olivia hat keine Narrheit; sie wird keinen Narren halten, bis sie verheiratet ist; und Narren verhalten sich zu Ehemännern wie Sardellen zu Heringen: der Ehemann ist der größte von beiden. Ich bin eigentlich nicht ihr Narr, sondern ihr Wortverdreher.

Viola. Ich sah dich neulich beim Grafen Orsino.

Narr. Narrheit, Herr, geht rund um die Welt;[30] sie scheint allenthalben. Es täte mir leid, wenn der Narr nicht so oft bei Euerm Herrn als bei meinem Fräulein wäre. Mich deucht, ich sah Eure Weisheit daselbst.

Viola. Wenn du mich zum besten haben willst, so habe ich nichts mehr mit dir zu schaffen. Nimm, da hast du was zu deiner Ergötzlichkeit.

Narr. Nun, möge dir Jupiter das nächste Mal, daß er Haare übrig hat, einen Bart zukommen lassen.

Viola. Wahrhaftig, ich sage dir, ich verschmachte fast nach einem, ob ich gleich nicht wollte, daß er auf meinem Kinne wüchse. Ist dein Fräulein zu Hause?

N a r r *(auf das Geld zeigend)*. Sollte nicht ein Paar von diesen jungen?

V i o l a. Ja, wenn man sie zusammenhielte und gehörig wirtschaften ließe.

N a r r. Ich wollte wohl den Herrn Pandarus von Phrygien spielen, um diesem Troilus eine Cressida zuzuführen.

V i o l a. Ich verstehe Euch: Ihr bettelt gut.

N a r r. Ich denke, es ist keine große Sache, da ich nur um eine Bettlerin bettle. Cressida war eine Bettlerin. Mein Fräulein ist zu Haus, Herr. Ich will ihr bedeuten, woher Ihr kommt; wer Ihr seid, und was Ihr wollt, das liegt außer meiner Sphäre; ich könnte sagen: Horizont, aber das Wort ist zu abgenutzt. *(Ab.)*

V i o l a. Der Bursch ist klug genug den Narrn zu spielen,
Und das geschickt tun, fordert ein'gen Witz.
Die Laune derer, über die er scherzt,
Die Zeiten und Personen muß er kennen
Und wie der Falk auf jede Feder schießen,
Die ihm vors Auge kommt. Dies ist ein Handwerk
So voll von Arbeit als des Weisen Kunst.
Denn Torheit, weislich angebracht, ist Witz;
Doch wozu ist des Weisen Torheit nütz?

(Junker Tobias und Junker Christoph kommen.)

J u n k e r T o b i a s. Gott grüß' Euch, Herr.

V i o l a. Euch gleichfalls, Herr.

J u n k e r C h r i s t o p h. Dieu vous garde, Monsieur.

V i o l a. Et vous aussi; votre serviteur.

J u n k e r C h r i s t o p h. Hoffentlich seid Ihr's, und ich bin der Eurige.

J u n k e r T o b i a s. Wollt Ihr unser Haus begrüßen? Meine Nichte wünscht, Ihr möchtet hineintreten, wenn Ihr ein Geschäft an sie habt.

V i o l a. Ich bin Eurer Nichte verbunden; ich will sagen, ich bin verbunden, zu ihr zu gehn.

J u n k e r T o b i a s. So kostet Eure Beine, Herr, setzt sie in Bewegung.

V i o l a. Meine Beine verstehn mich besser, Herr, als ich verstehe, was Ihr damit meint, daß ich meine Beine kosten soll.

J u n k e r T o b i a s. Ich meine, Ihr sollt gehn, hineintreten.

V i o l a. Ich will Euch durch Gang und Eintritt antworten; aber man kommt uns zuvor.

(Olivia und Maria kommen.)

Vortreffliches, unvergleichliches Fräulein, der Himmel regne Düfte auf Euch herab!

Junker Christoph. Der junge Mensch ist ein großer Hofmann. »Düfte regnen.« Schön!

Viola. Mein Auftrag ist stumm, Fräulein, außer für Euer bereitwilliges und herablassendes Ohr.

Junker Christoph. Düfte! Bereitwillig! Herablassend! – Ich will mir alles dreies merken.

Olivia. Macht die Gartentür zu und laßt mich ihm Gehör geben.

(Junker Tobias, Junker Christoph und Maria ab.)

Gebt mir die Hand, mein Herr.

Viola. Gebietet über meine Dienste, Fräulein.

Olivia. Wie ist Eu'r Name?

Viola. Reizende Prinzessin,
Cesario ist der Name Euers Dieners.

Olivia. Mein Diener, Herr? Die Welt war nimmer froh,
Seit niedres Heucheln galt für Artigkeit.
Ihr seid Orsinos Diener, junger Mann.

Viola. Und der ist Eurer; Eures Dieners Diener
Muß ja, mein Fräulein, auch der Eure sein.

Olivia. Sein denk ich nicht; wär' sein Gedächtnis lieber
Ein leeres Blatt, als angefüllt mit mir.

Viola. Ich komm, um Euer gütiges Gedächtnis
An ihn zu mahnen –

Olivia. O entschuldigt mich!
Ich hieß Euch niemals wieder von ihm reden.
Doch hättet Ihr sonst etwa ein Gesuch,
Ich hörte lieber, wenn Ihr das betriebt,
Als die Musik der Sphären.

Viola. Teures Fräulein –

Olivia. Ich bitt, erlaubt! Nach der Bezauberung,
Die Ihr nur erst hier angestiftet, sandte
Ich einen Ring Euch nach und täuschte so
Mich, meinen Diener und, ich fürcht, auch Euch.
Nun steh ich Eurer harten Deutung bloß,
Weil ich Euch aufdrang mit unwürd'ger List,
Was, wie Ihr wußtet, doch nicht Euer war.
Was mochtet Ihr wohl denken? Machtet Ihr
Zu Eurem Ziele meine Ehre nicht
Und hetztet jeglichen Verdacht auf sie,

Den ein tyrannisch Herz ersinnen kann?
Für einen, der behende faßt wie Ihr,
Zeigt' ich genug; ein Flor, und nicht ein Busen,
Versteckt mein armes Herz: so sprecht nun auch.
Viola. Ihr dauert mich.
Olivia. Das ist ein Schritt zur Liebe.
Viola. Nein, nicht ein Fußbreit; die Erfahrung zeigt,
Daß man sich oft auch Feinde dauern läßt.
Olivia. So wär's ja wohl zum Lächeln wieder Zeit.
O Welt! wie leicht wird doch der Arme stolz!
Soll man zur Beute werden, wieviel besser,
Dem Löwen zuzufallen als dem Wolf!
(Die Glocke schlägt.)
Die Glocke wirft mir Zeitverschwendung vor. –
Seid ruhig, junger Freund! ich will Euch nicht.
Und doch, kommt Witz und Jugend erst zur Reife,
So erntet euer Weib 'nen feinen Mann.
Dorthin liegt Euer Weg, gradaus nach Westen.
Viola. Wohlauf, nach Westen!
Geleit' Eu'r Gnaden Heil und froher Mut!
Ihr sagt mir, Fräulein, nichts für meinen Herrn?
Olivia. Bleib!
Ich bitt dich, sage, was du von mir denkst.
Viola. Nun, daß Ihr denkt, Ihr seid nicht, was Ihr seid.
Olivia. Und denk ich so, denk ich von Euch dasselbe.
Viola. Da denkt Ihr recht: ich bin nicht, was ich bin.
Olivia. Ich wollt', Ihr wärt, wie ich Euch haben wollte!
Viola. Wär's etwas Bessers, Fräulein, als ich bin,
So wünsch ich's auch; jetzt bin ich Euer Narr.
Olivia. O welch ein Maß von Hohn liebreizend steht
Im Zorn und der Verachtung seiner Lippe!
Verschämte Lieb', ach! sie verrät sich schnell
Wie Blutschuld: ihre Nacht ist sonnenhell.
Cesario, bei des Frühlings Rosenjugend!
Bei jungfräulicher Sitt' und Treu' und Tugend!
So lieb' ich dich, trotz meinem[31] stolzen Sinn,
Daß ich des Herzens nicht mehr mächtig bin.
Verhärte nicht dich klügelnd durch den Schluß,
Du könnest schweigen, weil ich werben muß.
Nein, feßle lieber Gründe so mit Gründen:
Süß sei es, Lieb' erflehn, doch süßer, Liebe finden.
Viola. Bei meiner Jugend! bei der Unschuld! nein!

Ein Herz, ein Busen, eine Treu' ist mein,
Und die besitzt kein Weib; auch wird nie keine
Darüber herrschen, außer ich alleine.
Und Fräulein, so lebt wohl; nie klag ich Euerm Ohr
Die Seufzer meines Herren wieder vor.

Olivia. O komm zurück! Du magst dies Herz betören,
Ihn, dessen Lieb' es haßt, noch zu erhören.

(Beide ab.)

ZWEITE SZENE

Ein Zimmer in Olivias Hause.

(Junker Tobias, Junker Christoph und Fabio treten auf.)

Junker Christoph. Nein, wahrhaftig, ich bleibe keine Minute länger.

Junker Tobias. Deinen Grund, lieber Ingrimm! sag deinen Grund!

Fabio. Ihr müßt durchaus Euren Grund angeben, Junker Christoph.

Junker Christoph. Ei, ich sah Eure Nichte mit des Grafen Diener freundlicher tun, als sie jemals gegen mich gewesen ist; drunten im Garten sah ich's.

Junker Tobias. Sah sie dich derweil auch, alter Knabe? Sag mir das.

Junker Christoph. So deutlich wie ich Euch jetzt sehe.

Fabio. Das war ein großer Beweis ihrer Liebe zu Euch.

Junker Christoph. Wetter! wollt Ihr einen Esel aus mir machen?

Fabio. Ich will es in bester Form beweisen, Herr, auf den Eid des Urteils und der Vernunft.

Junker Tobias. Und die sind Obergeschworne gewesen, ehe noch Noah ein Schiffer ward.

Fabio. Sie tat mit dem jungen Menschen vor Euern Augen schön, bloß um Euch aufzubringen, um Eure Murmeltierstapferkeit zu erwecken, um Euer Herz mit Feuer und Schwefel zu füllen. Da hättet Ihr Euch herbeimachen sollen; da hättet Ihr den jungen Menschen mit den vortrefflichsten Späßen, funkelnagelneu von der Münze, stumm ängstigen sollen. Dies wurde von Eurer Seite erwartet, und dies wurde vereitelt. Ihr habt die doppelte

Vergoldung dieser Gelegenheit von der Zeit abwaschen lassen und seid in der Meinung des gnädigen Fräuleins nordwärts gesegelt, wo Ihr nun wie ein Eiszapfen am Bart eines Holländers hängen werdet, wenn Ihr es nicht durch irgendeinen preiswürdigen Streich der Tapferkeit oder Politik wiedergutmacht.

Junker Christoph. Soll's auf irgendeine Art sein, so muß es durch Tapferkeit geschehn; denn Politik hasse ich; ich wäre ebenso gern ein Pietist als ein Politikus.

Junker Tobias. Wohlan denn, baun wir dein Glück auf den Grund der Tapferkeit. Fordre mir den Burschen des Grafen auf den Degen heraus; verwunde ihn an elf Stellen; meine Nichte wird sich's merken, und sei versichert, daß kein Liebesmäkler in der Welt einen Mann den Frauen kräftiger empfehlen kann als der Ruf der Tapferkeit.

Fabio. Es ist kein andres Mittel übrig, Junker Christoph.

Junker Christoph. Will einer von Euch eine Ausforderung zu ihm tragen?

Junker Tobias. Geh, schreib in einer martialischen Hand; sei verwegen[32] und kurz. Gleichviel wie witzig, wenn es nur beredt und voll Erfindung ist. Mach ihn mit aller Freiheit der Feder herunter; wenn du ihn ein halb dutzendmal duzest, so kann es nicht schaden; und so viel Lügen als auf dem Papier liegen können,[33] schreib sie auf! Geh, mach dich dran! Laß Galle genug in deiner Tinte sein, wenn du auch mit einem Gänsekiel schreibst, es tut nichts. Mach dich dran.

Junker Christoph. Wo soll ich Euch treffen?

Junker Tobias. Wir wollen dich auf deinem cubiculo abrufen. Geh nur.

(Junker Christoph ab.)

Fabio. Das ist Euch ein teures Männchen, Junker.

Junker Tobias. Ich bin ihm auch teuer gewesen, Junge! auf ein paar Tausend, drüber oder drunter.

Fabio. Wir werden einen kostbaren Brief von ihm bekommen, aber Ihr werdet ihn nicht übergeben.

Junker Tobias. Nein, das könnt Ihr glauben. Aber vor allen Dingen treibt den jungen Menschen an, sich zu stellen. Ich denke, man brächte sie nicht aneinander, wenn man auch Ochsen vorspannte. Was den Junker betrifft, wenn der geöffnet würde und Ihr fändet so viel Blut in seiner Leber, als eine Mücke auf dem Schwanze davontragen kann, so wollt' ich das übrige Gerippe aufzehren.

Fabio. Und sein Gegner, der junge Mensch, verkündigt auch eben nicht viel Grausamkeit mit seinem Gesicht.

(Maria kommt.)

Junker Tobias. Seht, da kommt unser kleiner Zeisig.

Maria. Wollt ihr Milzweh haben und euch Seitenstechen lachen, so kommt mit mir. Der Pinsel Malvolio ist ein Heide geworden, ein rechter Renegat. Denn kein Christ, der durch den wahren Glauben selig zu werden hofft, glaubt jemals einen solchen Haufen abgeschmacktes Zeug. Er geht in gelben Strümpfen.

Junker Tobias. Und die Kniegürtel kreuzweise?

Maria. Ganz abscheulich, wie ein Schulmeister.[34] – Ich bin ihm nachgeschlichen wie ein Dieb[35]: er richtet sich nach jedem Punkte des Briefs, den ich fallen ließ, um ihn zu betrügen. Er lächelt mehr Linien in sein Gesicht hinein, als auf der neuen Weltkarte mit beiden Indien stehn. Ihr könnt Euch so was nicht vorstellen; ich kann mich kaum halten, daß ich ihm nicht etwas an den Kopf werfe. Ich weiß, das Fräulein wird ihm Ohrfeigen geben; und wenn sie es tut, so wird er lächeln und es für eine große Gunst halten.

Junker Tobias. Komm, führ uns hin, führ uns hin, wo er ist.

(Alle ab.)

DRITTE SZENE

Eine Straße.

(Antonio und Sebastian treten auf.)

Sebastian. Es war mein Wille nicht, Euch zu beschweren,
Doch da Ihr aus der Müh' Euch Freude macht,
Will ich nicht weiter schmählen.

Antonio.
Ich konnt' Euch so nicht lassen: mein Verlangen,
Scharf wie geschliffner Stahl, hat mich gespornt;
Und nicht bloß Trieb zu Euch (obschon genug,
Um mich auf einen längern Weg zu ziehn),
Auch Kümmernis, wie Eure Reise ginge,
Da Ihr dies Land nicht kennt, das einem Fremden,

Der führerlos und freundlos, oft sich rauh
Und unwirtbar erzeigt. Bei diesen Gründen
Der Furcht ist meine will'ge Liebe Euch
So eher nachgeeilt.

Sebastian. Mein güt'ger Freund,
Ich kann Euch nichts als Dank hierauf erwidern,
Und Dank, und immer Dank; oft werden Dienste
Mit so verrufner Münze abgefertigt.
Doch wär' mein Gut gediegen wie mein Sinn,
Ihr fändet bessern Lohn. – Was machen wir?
Sehn wir die Altertümer dieser Stadt?

Antonio.
Auf morgen, Herr; seht erst nach meiner Wohnung.

Sebastian. Ich bin nicht müd, und es ist lang bis Nacht.
Ich bitt Euch, laßt uns unsre Augen weiden
Mit den Denkmälern und berühmten Dingen,
So diese Stadt besitzt.

Antonio. Entschuldigt mich.
Ich wandre mit Gefahr durch diese Gassen.
Im Seekrieg tat ich gegen die Galeeren
Des Herzogs Dienste; ja in Wahrheit solche,
Daß, wenn man hier mich fing', ich könnte kaum
Darüber Rede stehn.

Sebastian. Ihr habt vielleicht
Ihm eine große Menge Volks erschlagen?

Antonio. Nicht von so blut'ger Art ist meine Schuld,
War Zeit und Zwist schon *der* Beschaffenheit,
Daß sie uns Stoff zu blut'gen Taten gaben.
Es hätt' indes geschlichtet werden mögen
Durch Wiederzahlung des genommnen Guts,
Was auch aus unsrer Stadt des Handels wegen
Die meisten taten; ich allein blieb aus:
Wofür, ertappt man mich an diesem Ort,
Ich teuer büßen werde.

Sebastian. Geht also nicht zu offenbar umher.

Antonio.
Es wär' nicht ratsam. Nehmt! Hier ist mein Beutel.
Man wohnt am besten in der Südervorstadt
Im Elefanten; ich will unsre Kost
Bestellen, während Ihr die Stunden täuscht
Und durch Beschauen Eure Kenntnis nährt;
Dort trefft Ihr mich.

Sebastian. Weswegen mir den Beutel?

Antonio. Vielleicht fällt Euer Aug' auf einen Tand,
Den Ihr zu kaufen wünscht; und Eure Barschaft
Reicht, denk ich, nicht zu müß'gem Einkauf hin.

Sebastian. Ich will Eu'r Seckelmeister sein und auf
Ein Stündchen gehn.

Antonio. Im Elefanten –

Sebastian. Wohl!

(Beide ab.)

VIERTE SZENE

Olivias Garten.

(Olivia und Maria treten auf.)

Olivia. Ich hab ihm nachgeschickt; gesetzt, er kommt:
Wie kann ich wohl ihn feiern? was ihm schenken?
Denn Jugend wird erkauft, mehr als erbeten. –
Ich sprach zu laut. –
Wo ist Malvolio? – Er ist ernst und höflich,
Und paßt zum Diener sich für meinen Fall.
Wo ist Malvolio?

Maria. Eben kommt er, Fräulein,
Doch wunderlich genug. Er ist gewiß besessen.

Olivia. Was gibt's denn? Spricht er irr?

Maria. Nein, er tut nichts
Als lächeln; Euer Gnaden täten wohl,
Wen bei der Hand zu haben, wenn er kommt,
Denn sicher ist der Mann nicht recht bei Sinnen.

Olivia. Geht, ruft ihn her! – So toll wie er bin ich,
Gleicht lust'ge Tollheit und betrübte sich.

(Malvolio kommt.)

Wie geht's, Malvolio?

Malvolio *(lächelt phantastisch)*.
Schönes Fräulein, he, he!

Olivia. Lächelst du?
Ich rief dich her bei einem ernsten Anlaß.

Malvolio. Ernst, Fräulein? Ich könnte wohl ernsthaft sein; es macht einige Stockung im Blute, dies Binden der Kniegürtel. Aber was tut's? Wenn es den Augen einer einzigen gefällt, so heißt es bei mir wie jenes wahrhafte Sonett: Gefall ich einer, so gefall ich allen.

Olivia. Ei, Malvolio, wie steht es mit dir? Was geht mit dir vor?

Malvolio. Ich bin nicht schwarz von Gemüt, obschon gelb an den Beinen. Es ist ihm zu Handen gekommen, und Befehle sollen vollzogen werden. Ich denke, wir kennen die schöne römische Hand.

Olivia. Willst du nicht zu Bett gehn, Malvolio?

Malvolio. Zu Bett? Ja, liebes Herz, und ich will zu dir kommen.

Olivia. Gott helfe dir! Warum lächelst du so und wirfst so viele Kußhände?

Maria. Wie geht's Euch, Malvolio?

Malvolio. Auf Eure Erkundigung? – Ja, Nachtigallen antworten Krähen.

Maria. Warum erscheint Ihr mit dieser lächerlichen Unverschämtheit vor dem Fräulein?

Malvolio. »Sei nicht bange vor der Hoheit.« Das war schön gesagt.

Olivia. Was meinst du damit, Malvolio?

Malvolio. »Einige werden hoch geboren –«

Olivia. Nun?

Malvolio. »Einige erwerben Hoheit –«

Olivia. Was sagst du?

Malvolio. »Und einigen wird sie zugeworfen.«

Olivia. Der Himmel steh dir bei!

Malvolio. »Erinnre dich, wer deine gelben Strümpfe lobte.«

Olivia. Deine gelben Strümpfe?

Malvolio. »Und dich mit kreuzweise gebundnen Kniegürteln zu sehn wünschte.«

Olivia. Mit kreuzweise gebundnen Kniegürteln?

Malvolio. »Nur zu! Dein Glück ist gemacht, wo du es wünschest.«

Olivia. Mein Glück?

Malvolio. »Wo nicht, so bleib nur immer ein Bedienter.«

Olivia. Nun, das ist eine rechte Hundstagstollheit.

(Ein Bedienter kommt.)

Bedienter. Gnädiges Fräulein, der junge Kavalier vom Grafen Orsino ist wieder da; ich konnte ihn kaum bewegen zurückzukommen. Er erwartet Euer Gnaden Befehle.

Olivia. Ich komme gleich zu ihm. *(Bedienter ab.)* Liebe Maria, trag mir für diesen Menschen Sorge. Wo ist mein

Vetter Tobias? Daß ein paar von meinen Leuten recht genau auf ihn achten. Ich wollte um alles nicht, daß ihm ein Unglück zustieße. *(Olivia und Maria ab.)*

Malvolio. Ha, ha! legt Ihr mir's nun näher? Kein Geringerer als Junker Tobias soll Sorge für mich tragen? Dies trifft aufs Haar mit dem Briefe überein. Sie schickt ihn mit Fleiß, damit ich mich widerspenstig gegen ihn betragen kann: denn dazu ermahnt sie mich ja in dem Briefe. »Wirf deine demütige Hülle ab«, sagt sie, »sei widerwärtig gegen einen Verwandten, mürrisch mit den Bedienten; laß Staatsgespräche von deinen Lippen schallen; lege dich auf ein Sonderlingsbetragen;« und hierauf setzt sie die Art und Weise auseinander, als da ist: ein ernsthaftes Gesicht, eine stattliche Haltung, eine langsame Zunge, nach der Manier eines vornehmen Herrn, und so weiter. Ich habe sie im Netz, freilich durch der Götter Gnade, und geben die Götter, daß ich dankbar sei! Und als sie eben wegging: »Tragt mir für diesen Menschen Sorge.« Mensch! Nicht Malvolio oder nach meinem Titel, sondern Mensch. Ja, alles paßt zueinander, so daß kein Gran von einem Skrupel, kein Skrupel von einem Skrupel, kein Hindernis, kein unwahrscheinlicher oder zweideutiger Umstand – Was kann man einwenden? Es kann nichts geben, was sich zwischen mich und die weite Aussicht meiner Hoffnungen stellen könnte. Wohl, die Götter, nicht ich, haben dies zustande gebracht, und ihnen gebührt der Dank.

(Maria kommt mit Junker Tobias und Fabio zurück.)

Junker Tobias. Wo ist er hin, im Namen der Gottseligkeit? Hätten sich auch alle Teufel der Hölle zusammengedrängt und besäße ihn Legion selbst, so will ich ihn doch anreden.

Fabio. Hier ist er, hier ist er. Wie steht's mit Euch, Freund? Wie steht's mit Euch?

Malvolio. Geht fort! ich entlasse euch. Laßt mich meine Einsamkeit genießen! Geht fort!

Maria. Hört doch, wie hohl der Böse aus ihm spricht! Sagt' ich's euch nicht? – Junker Tobias, das Fräulein bittet Euch, Sorge für ihn zu tragen.

Malvolio. He, he! tut sie das?

Junker Tobias. Still! still! Wir müssen sanftmütig mit ihm umgehn; laßt mich nur machen. Was macht Ihr, Malvolio? Wie steht's mit Euch? Ei, Freund, leistet dem Teufel Widerstand: bedenkt, er ist der Erbfeind der Menschenkinder.

Malvolio. Wißt Ihr auch, was Ihr sagt?

Maria. Seht nur, wenn Ihr vom Teufel übel redet, wie er sich's zu Herzen nimmt. Gebe Gott, daß er nicht behext ist!

Fabio. Die weise Frau muß ihm das Wasser beschaun.

Maria. So wahr ich lebe, es soll morgen früh geschehn. Das Fräulein möchte ihn um alles in der Welt nicht missen.

Malvolio. Ei so, Jungfer?

Maria. O jemine!

Junker Tobias. Ich bitte dich, sei ruhig! Dies ist nicht die rechte Art: seht Ihr nicht, daß Ihr ihn reizt? Laßt mich allein machen.

Fabio. Da hilft nichts wie Sanftmut. Sanftmütig! sanftmütig! Der böse Feind ist trotzig und läßt sich nicht trotzig begegnen.

Junker Tobias. Ei, was machst du, mein Täubchen? Wie geht's, mein Puthühnchen?

Malvolio. Herr!

Junker Tobias. Ei sieh doch! komm, tucktuck! – Nun, Mann? Es steht der Ehrbarkeit nicht an, mit dem Teufel Knicker zu spielen. – Fort mit dem garstigen Schornsteinfeger!

Maria. Laßt ihn sein Gebet hersagen, lieber Junker Tobias! Bringt ihn zum Beten!

Malvolio. Mein Gebet, Meerkatze?

Maria. Seht, ich sagt' es euch; er will nichts von Gottesfurcht wissen.

Malvolio. Geht alle zum Henker! Ihr seid alle dumme, alberne Geschöpfe. Ich gehöre nicht in eure Sphäre: ihr sollt weiter von mir hören. *(Ab.)*

Junker Tobias. Ist's möglich?

Fabio. Wenn man dies auf dem Theater vorstellte, so tadelte ich es vielleicht als eine unwahrscheinliche Erdichtung.

Junker Tobias. Sein Kopf ist bis oben an voll von unserm Einfalle.

Maria. Ja, setzt ihm nur gleich zu, damit der Einfall nicht Luft kriegt und verfliegt.

Fabio. Wir werden ihn gewiß völlig toll machen.

Maria. Desto ruhiger wird's im Hause zugehn.

Junker Tobias. Kommt, er soll in eine dunkle Kammer gesperrt und gebunden werden. Meine Nichte ist schon in dem Glauben, daß er toll ist; wir können's so forttreiben, uns zum Spaß und ihm zur Buße, bis unser Zeitvertreib selbst so müde gejagt ist, daß er uns bewegt, Erbarmen mit ihm zu haben;[36] und du, Mädchen, sollst bestallter Tollheitsvisitator werden. Aber seht! seht!

(Junker Christoph kommt.)

Fabio. Hier ist wieder etwas für einen Fastnachtsabend.

Junker Christoph. Da habt ihr die Ausforderung; lest sie; ich steh dafür, es ist Salz und Pfeffer darin.

Fabio. Ist sie so verwegen[37]?

Junker Christoph. Ei ja doch! ich stehe ihm dafür. Lest nur.

Junker Tobias. Gib her. »Junger Mensch, was du auch sein magst, du bist doch nur ein Lumpenkerl.«

Fabio. Schön und tapfer!

Junker Tobias. »Wundre dich nicht, und erstaune nicht in deinem Sinn, warum ich dich so nenne, denn ich will dir keinen Grund davon angeben.«

Fabio. Eine gute Klausel! Das stellt Euch vor dem Verklagen sicher.

Junker Tobias. »Du kommst zu Fräulein Olivia, und sie tut vor meinen Augen schön mit dir: aber du lügst's in den Hals hinein, das ist nicht die Ursache, warum ich dich herausfordre.«

Fabio. Ungemein kurz und auserlesen im Sinn – losen.

Junker Tobias. »Ich will dir beim Nachhausegehn aufpassen, und wenn du alsdann das Glück hast, mich umzubringen –«

Fabio. Schön!

Junker Tobias. »So bringst du mich um wie ein Schuft und ein Spitzbube.«

Fabio. Ihr haltet Euch immer außerhalb dem Schusse.

Junker Tobias. »Leb wohl, und Gott erbarme sich einer von unsern Seelen! Er kann sich der meinigen erbarmen, aber ich hoffe ein Besseres, und also sieh dich vor. Dein Freund, je nachdem du ihm begegnest, und dein geschworner Feind,

Christoph von Bleichenwang.«

Wenn dieser Brief ihn nicht aufbringt, so ist er gar nicht auf die Beine zu bringen. Ich will ihn ihm geben.

Maria. Ihr könnt leicht Gelegenheit dazu finden: er ist jetzt in einem Gespräch mit dem Fräulein und wird gleich weggehn.

Junker Tobias. Geh, Junker, laure ihm an der Gartenecke auf wie ein Häscher; sobald du ihn nur erblickst, zieh und fluche fürchterlich dabei: denn es geschieht oft, daß ein entsetzlicher Fluch, in einem rechten Bramarbastone herausgewettert, einen mehr in den Ruf der Tapferkeit setzt, als eine wirkliche Probe davon jemals getan hätte. Fort!

Junker Christoph. Nun, wenn's Fluchen gilt, so laßt mich nur machen. *(Ab.)*

Junker Tobias. Ich will mich wohl hüten, seinen Brief zu übergeben. Das Betragen des jungen Mannes zeigt, daß er verständig und wohlerzogen ist; sein Geschäft für seinen Herrn bei meiner Nichte bestätigt das auch: also wird dieser Brief wegen seiner außerordentlichen Abgeschmacktheit dem jungen Mann keinen Schrecken erregen; er wird merken, daß er von einem Pinsel herkommt. Ich will statt dessen die Ausforderung mündlich bestellen, will ein großes Wesen von Bleichenwangs Tapferkeit machen und jenem, der jung genug ist, um sich leicht etwas aufbinden zu lassen, eine gewaltige Meinung von seiner Wut, Geschicklichkeit und Hitze beibringen. Dies wird sie beide so in Angst setzen, daß sie einander wie Basilisken mit den Augen umbringen werden.

(Olivia und Viola kommen.)

Fabio. Da kommt er mit Eurer Nichte. Macht ihnen Platz, bis er Abschied nimmt, und dann gleich hinter ihm drein.

Junker Tobias. Ich will mich indessen auf recht entsetzliche Ausdrücke für die Ausforderung bedenken.

(Junker Tobias und Fabio ab.)

Olivia. Zu viel schon sagt' ich für ein Herz von Stein,
Gab unbesonnen meine Ehre bloß.
In mir ist was, das mir den Fehl verweist,
Doch solch ein starrer, mächt'ger Fehler ist's,
Er trotzt Verweisen nur.

Viola. Ganz nach der Weise Eurer Leidenschaft,
Geht's mit den Schmerzen meines Herrn.

Olivia. Tragt mir zulieb' dies Kleinod, 's ist mein Bildnis;
Schlagt es nicht aus, mit Schwatzen quält's Euch nicht;

Und kommt, ich bitt Euch, morgen wieder her.
Was könnt Ihr bitten, das ich weigern würde,
Wenn unverletzt es Ehre geben darf?

Viola. Nur dieses: Euer Herz für meinen Herrn.

Olivia. Wie litte meine Ehr', ihm das zu geben,
Was *Ihr* von mir schon habt?

Viola. Ich sag Euch los.

Olivia. Gut, lebe wohl, und sprich mir morgen zu!
Zur Hölle lockte mich ein böser Feind wie du. *(Ab.)*

(Junker Tobias und Fabio kommen.)

Junker Tobias. Gott grüß' dich, junger Herr!

Viola. Euch gleichfalls, Herr.

Junker Tobias. Was du für Waffen bei dir hast, nimm sie zur Hand; von welcher Art die Beleidigungen sind, die du ihm zugefügt, weiß ich nicht; aber dein Nachsteller, hoch ergrimmt, blutig[38] wie der Jäger, erwartet dich an der Gartenecke. Heraus mit der Klinge! Rüste dich wacker! denn dein Gegner ist rasch, geschickt und mörderlich.

Viola. Ihr irrt Euch, Herr; ich bin gewiß, daß niemand irgendeinen Zank mit mir hat. Mein Gedächtnis ist völlig rein und frei von Vorstellungen eines Unrechts, das ich jemandem zugefügt haben sollte.

Junker Tobias. Ihr werdet es anders finden, ich versichre Euch: wenn Ihr also das Geringste aus Eurem Leben macht, so seid auf Eurer Hut, denn Euer Gegner hat alles für sich, was Jugend, Stärke, Geschicklichkeit und Wut einem verschaffen kann.

Viola. Um Verzeihung, Herr, was ist er für ein Mann?

Junker Tobias. Er ist ein Ritter, dazu geschlagen mit unversehrtem Schwert, auf gewirktem Boden; aber er ist ein rechter Teufel in Zweikämpfen: der Seelen und Leiber, so er geschieden, sind drei; und sein Grimm in diesem Augenblick ist so unversöhnlich, daß er keine andre Genugtuung kennt, als Todesangst und Begräbnis. Drauf und dran! ist sein Wort; mir nichts, dir nichts!

Viola. Ich will wieder in das Haus gehn und mir eine Begleitung von der Dame ausbitten. Ich bin kein Raufer. Ich habe wohl von einer Art Leute gehört, die mit Fleiß Händel mit andern anzetteln, um ihren Mut zu prüfen: vielleicht ist er einer von diesem Schlage.

Junker Tobias. Nein, Herr; seine Entrüstung rührt

von einer sehr wesentlichen Beleidigung her; also vorwärts, und tut ihm seinen Willen. Zurück zum Hause sollt Ihr nicht, wenn Ihr's nicht mit mir aufnehmen wollt, da Ihr Euch doch ebensowohl ihm selbst stellen könntet. Also vorwärts, oder zieht gleich fasernackt vom Leder; denn schlagen müßt Ihr Euch, das ist ausgemacht, oder für immer verschwören, eine Klinge zu tragen.

Viola. Das ist ebenso unhöflich als seltsam. Ich bitte Euch, erzeigt mir die Gefälligkeit, den Ritter zu fragen, worin ich ihn beleidigt habe; es ist gewiß nur aus Unachtsamkeit, nicht aus Vorsatz geschehn.

Junker Tobias. Das will ich tun. Signor Fabio, bleibt Ihr bei diesem Herrn, bis ich zurückkomme. *(Ab.)*

Viola. Ich bitte Euch, mein Herr, wißt Ihr um diesen Handel?

Fabio. Ich weiß nur, daß der Ritter auf Tod und Leben gegen Euch erbost ist, aber nichts von den näheren Umständen.

Viola. Um Verzeihung, was ist er für eine Art von Mann?

Fabio. Sein Äußeres verrät nichts so Außerordentliches, als Ihr durch die Proben seiner Herzhaftigkeit an ihm werdet kennenlernen. Er ist in der Tat der behendeste, blutgierigste und verderblichste Gegner, den Ihr in ganz Illyrien hättet finden können. Wollt Ihr ihm entgegengehn? Ich will Euch mit ihm aussöhnen, wenn ich kann.

Viola. Ich würde Euch sehr verbunden sein: ich für mein Teil habe lieber mit dem Lehrstande als dem Wehrstande zu tun; ich frage nicht darnach, ob man mir viel Herz zutraut.

(Beide ab.)

(Junker Tobias und Junker Christoph kommen.)[39]

Junker Tobias. Ja, Freund, er ist ein Teufelskerl: ich habe niemals solch einen Haudegen gesehn. Ich machte einen Gang mit ihm auf Klinge und Scheide, und er tut seine Ausfälle mit so 'ner höllenmäßigen Geschwindigkeit, daß nichts dagegen zu machen ist; und wenn er pariert hat, bringt er Euch den Stoß so gewiß bei, als Euer Fuß den Boden trifft, wenn Ihr auftretet. Es heißt, er ist Fechtmeister beim großen Mogul gewesen.

Junker Christoph. Hol's der Henker, ich will mich nicht mit ihm schlagen.

Junker Tobias. Ja, er will sich aber nun nicht zufrieden sprechen lassen: Fabio kann ihn da drüben kaum halten.

Junker Christoph. Hol's der Kuckuck! Hätte ich gewußt, daß er herzhaft und so ein großer Fechter wäre, so hätte ihn der Teufel holen mögen, eh' ich ihn herausgefordert hätte. Macht nur, daß er die Sache beruhn läßt, und ich will ihm meinen Hans, den Apfelschimmel, geben.

Junker Tobias. Ich will ihm den Vorschlag tun; bleibt hier stehn und stellt Euch nur herzhaft an. *(Beiseite.)* Dies soll ohne Mord und Totschlag abgehn. Mein Seel', ich will Euer Pferd so gut reiten als Euch selbst.

(Fabio und Viola kommen.)

Junker Tobias *(zu Fabio)*. Ich habe sein Pferd, um den Streit beizulegen. Ich habe ihn überredet, daß der junge Mensch ein Teufelskerl ist.

Fabio *(zu Junker Tobias)*. Der hat eben solch eine fürchterliche Einbildung von dem andern: er zittert und ist bleich, als ob ihm ein Bär auf der Ferse wäre.

Junker Tobias *(zu Viola)*. Es ist keine Rettung, Herr, er will sich mit Euch schlagen, weil er einmal geschworen hat. Zwar wegen seiner Händel mit Euch hat er sich besser besonnen, er findet sie jetzt kaum der Rede wert; zieht also nur, damit er seinen Schwur nicht brechen darf. Er beteuert, er will Euch kein Leid zufügen.

Viola *(beiseite)*. Gott steh' mir bei! Es hängt nur an einem Haar, so sage ich ihnen, wieviel mir zu einem Manne fehlt.

Fabio. Wenn Ihr seht, daß er wütend wird, so zieht Euch zurück.

Junker Tobias. Kommt, Junker Christoph, es ist keine Rettung: der Kavalier will nur ehrenhalber einen Gang mit Euch machen; er kann nach den Gesetzen des Duells nicht umhin, aber er hat mir auf sein ritterliches Wort versprochen, er will Euch kein Leid zufügen. Nun frisch daran!

Junker Christoph. Gott gebe, daß er sein Wort hält. *(Er zieht.)*

(Antonio kommt.)

Viola. Glaubt mir, ich tu es wider meinen Willen. *(Sie zieht.)*

Antonio. Den Degen weg! – Wenn dieser junge Mann
Zu nah Euch tat, so nehm ich es auf mich;
Tut Ihr zu nah ihm, fordr' ich Euch statt seiner. *(Er zieht.)*

Junker Tobias. Ihr, Herr? Wer seid Ihr denn?

Antonio. Ein Mann, der mehr für seine Freunde wagt,
Als Ihr ihn gegen Euch habt prahlen hören.

Junker Tobias. Wenn Ihr ein Raufer seid, gut! ich bin da. *(Er zieht.)*

(Zwei Gerichtsdiener kommen.)

Fabio. Bester Junker Tobias, haltet ein! Hier kommen die Gerichtsdiener.

Junker Tobias *(zu Antonio)*. Wir sprechen uns nachher!

Viola. Ich bitt Euch, steckt Euern Degen ein, wenn's Euch gefällig ist.

Junker Christoph. Mein Seel, Herr, das will ich – und wegen dessen, was ich Euch versprochen habe, halte ich Euch mein Wort. Er geht bequem und ist leicht in der Hand.

Erster Gerichtsdiener.
Dies ist er: tu deine Pflicht.

Zweiter Gerichtsdiener.
Antonio, ich verhaft Euch auf Befehl
Von Graf Orsino.

Antonio. Ihr irrt Euch, Herr, in mir.

Erster Gerichtsdiener.
Nicht doch, ich kenne Eu'r Gesicht gar wohl,
Ob Ihr schon jetzt kein Schifferkäppchen tragt.
Nur fort mit ihm! Er weiß, ich kenn ihn wohl.

Antonio. Ich muß gehorchen. – Dies entsteht daraus,
Daß ich Euch suchte; doch da hilft nun nichts.
Ich werd es büßen. Sagt, was wollt Ihr machen?
Nun dringt die Not mich, meinen Beutel wieder
Von Euch zu fordern; und es schmerzt mich mehr
Um das, was ich nun nicht für Euch vermag,
Als was mich selbst betrifft. Ihr steht erstaunt,
Doch seid getrost.

Zweiter Gerichtsdiener.
Kommt, Herr, und fort mit uns.

Antonio. Ich muß um etwas von dem Geld Euch bitten.

Viola. Von welchem Gelde, Herr?
Der Güte wegen, die Ihr mir erwiesen,
Und dann durch Eure jetz'ge Not bewegt,
Will ich aus meinen schmalen, armen Mitteln
Euch etwas borgen; meine Hab' ist klein,

Doch will ich teilen, was ich bei mir trage:
Da! meine halbe Barschaft.

Antonio. Leugnet Ihr mir ab?
Ist's möglich, braucht denn mein Verdienst um Euch
Der Überredung? – Versucht mein Elend nicht,
Es möchte sonst so tief herab mich setzen,
Daß ich Euch die Gefälligkeiten vorhielt,
Die ich für Euch gehabt.

Viola. Ich weiß von keinen
Und kenn Euch nicht von Stimme, noch Gesicht.
Ich hasse Undank mehr an einem Menschen
Als Lügen, Hoffart, laute Trunkenheit,
Als jedes Laster, dessen starkes Gift
Das schwache Blut bewohnt.

Antonio. Gerechter Himmel!

Zweiter Gerichtsdiener.
Kommt, Herr! ich bitt Euch, geht!

Antonio. Hört einen Augenblick. Der Jüngling da,
Halb riß ich aus des Todes Rachen ihn,
Pflegt' ihn mit solcher Heiligkeit der Liebe,
Und seinem Bild, das hocherhabnen Wert,
Glaubt' ich, verhieße, huldigt' ich mit Andacht.

Erster Gerichtsdiener.
Was soll uns das? Die Zeit vergeht: macht fort!

Antonio.
Doch oh! wie wird der Gott zum schnöden Götzen!
Sebastian, du entehrest edle Züge.
Gesinnung schändet einzig die Natur,
Und häßlich heißt mit Recht der Böse nur.
Tugend ist Schönheit: doch der Reizend-Arge
Gleicht einem glänzend übertünchten Sarge.

Erster Gerichtsdiener. Der Mann wird rasend: fort mit ihm! Kommt! kommt!

Antonio. So führt mich weg.

(Antonio mit den Gerichtsdienern ab.)

Viola. Es zeigt der Ungestüm, womit er spricht,
Er glaubt sich selbst; ich glaube mir noch nicht.
O möchtest du, Vermutung, dich bewähren,
Mein Bruder! daß wir zwei verwechselt wären!

Junker Tobias. Komm her, Junker! komm her, Fabio! Laßt uns unsre Köpfe zusammenstecken und einen weisen Rat pflegen.

Viola. Er nannte den Sebastian: lebt ja doch
Des Bruders Bild in meinem Spiegel noch.
Er glich genau nach allen Zügen mir,
Und trug sich so in Farbe, Schnitt und Zier,
Denn ihn nur ahm ich nach. O wenn es ist, so sind
Die Stürme sanft, die Wellen treu gesinnt! *(Ab.)*

Junker Tobias. Ein recht ehrloser lumpiger Bube, und so feig wie ein Hase. Seine Ehrlosigkeit zeigt sich darin, daß er seinen Freund hier in der Not verläßt und ihn verleugnet, und wegen seiner Feigheit fragt nur den Fabio.

Fabio. Eine Memme, eine fromme Memme, recht gewissenhaft in der Feigheit.

Junker Christoph. Wetter! ich will ihm nach und ihn prügeln.

Junker Tobias. Tu's, puff ihn tüchtig, nur zieh den Degen nicht.

Junker Christoph. Wenn ich's nicht tue! – *(Ab.)*

Fabio. Kommt, laßt uns sehn, wie's abläuft.

Junker Tobias. Ich will wetten, was Ihr wollt, es wird doch nichts daraus. *(Beide ab.)*

VIERTER AUFZUG

ERSTE SZENE

Die Straße vor Olivias Hause.

(Sebastian und der Narr treten auf.)

Narr. Wollt Ihr mir weismachen, ich wäre nicht nach Euch geschickt?

Sebastian. Nun ja doch, ja! Du bist ein toller Bursch,
Erlöse mich von dir.

Narr. Gut durchgeführt, meiner Treu! Nein, ich kenne Euch nicht; das Fräulein hat mich auch nicht nach Euch geschickt, damit Ihr kommen und mit ihr sprechen möchtet; Euer Name ist auch nicht Monsieur Cesario, und dies ist auch nicht meine Nase. Nichts ist so, wie es ist.

Sebastian. Kram deine Narrheit doch woanders aus,
Mich kennst du nicht.

Narr. Meine Narrheit auskramen! Er hat das Wort von irgendeinem großen Manne gehört und wendet es nun auf einen Narren an. Meine Narrheit auskramen! Ich fürchte, dieser große Tölpel, die Welt, wird ein Zieräffchen werden. Ich bitte dich nun, entgürte dich deiner Seltsamkeit, und sage mir, was ich meinem gnädigen Fräulein auskramen soll. Soll ich ihr auskramen, daß du kommst?

Sebastian. Ich bitt dich, toller Kuppler, laß mich gehn!
Da hast du Geld, doch wenn du länger zögerst,
So gibt es schlechtre Zahlung.

Narr. Auf meine Ehre, du hast eine offne Hand. – Solche weise Leute, die Narren Geld geben, machen sich einen guten Namen, wenn sie sich ein Dutzend Jahre darum beworben haben.

(Junker Tobias, Junker Christoph und Fabio kommen.)

Junker Christoph. Nun, Herr, treff ich Euch endlich wieder? Da habt Ihr was. *(Schlägt den Sebastian.)*

Sebastian *(schlägt Junker Christoph).* Da hast du auch was! und da! und da! Sind alle Leute toll geworden?

Junker Tobias. Haltet ein, Herr, sonst soll Euer Degen über das Haus fliegen.

Narr. Dies will ich gleich dem gnädigen Fräulein erzählen. Ich wollte nicht für einen Dreier in Eurer Haut stecken. *(Ab.)*

Junker Tobias. Gleich, Herr, haltet ein! *(Er hält den Sebastian.)*

Junker Christoph. Nein laßt ihn nur! ich will schon auf eine andre Art mit ihm fertig werden; ich will eine Klage wegen Prügelei gegen ihn anstellen, wenn noch Recht und Gerechtigkeit in Illyrien ist. Hab ich schon zuerst geschlagen, das macht nichts.

Sebastian. Laß deine Hand los.

Junker Tobias. Ei was, ich will Euch nicht loslassen. Nur den Degen eingesteckt, mein junger Kriegsheld! Ihr seid gut beschlagen: nur fort![40]

Sebastian. Ich *will* dich los sein. Sag, was willst du nun?
Nimmst du's noch weiter mit mir auf, so zieh! *(Er zieht.)*

Junker Tobias. Was? was? Nun, so muß ich ein paar Unzen von deinem naseweisen Blut haben. *(Er zieht.)*

(Olivia kommt.)

Olivia. Tobias, halt! bei deinem Leben, halt!

Junker Tobias. Fräulein?

O l i v i a. Wird's niemals anders sein? Unholder Frevler!
Geschickt für Wüstenein und rauhe Höhlen,
Wo Sitte fremd ist! Fort aus meinen Augen! –
Sei nicht beleidigt, mein Cesario! –
Fort, Grobian!
(Junker Tobias, Junker Christoph und Fabio ab.)
Ich bitt dich, lieber Freund,
Gib deiner Weisheit, nicht dem Zorn Gehör,
Bei diesem wilden, ungerechten Ausfall
Auf deine Ruh'. Geh mit mir in mein Haus,
Und höre da, wie viele lose Streiche
Der Lärmer angezettelt, daß du diesen
Alsdann belächeln magst; mitkommen mußt du,
Verweigr' es nicht. Verwünscht sei er von mir,
Eins meiner Herzen kränkt' er ja in dir.

S e b a s t i a n.
Wo weht dies her? Wie dünkt es meinem Gaum?
Bin ich im Wahnsinn, oder ist's ein Traum?
Tauch meinen Sinn in Lethe, Phantasie!
Soll ich so träumen, gern erwach ich nie.

O l i v i a. Komm, bitte! Folg in allem meinem Rat!

S e b a s t i a n. Ja, Fräulein, gern.

O l i v i a. O mach dein Wort zur Tat!
(Beide ab.)

ZWEITE SZENE

Ein Zimmer in Olivias Hause.

(Maria und der Narr treten auf.)

M a r i a. Nun, sei so gut und leg diesen Mantel und Kragen[41] an; mach ihm weis, du seist Ehrn Matthias, der Pfarrer. Mach geschwind, ich will unterdessen den Junker rufen. *(Ab.)*

N a r r. Ich will ihn anziehn und mich darin verstellen, und ich wollte, ich wäre der erste, der sich in solch einem Mantel verstellt hätte. Ich bin nicht groß genug, um mich in der Amtsverrichtung gut auszunehmen, und nicht mager genug, um für einen Studierten zu gelten. Aber ein ehrlicher Mann und guter Haushälter zu heißen klingt ebenso gut als ein bedächtiger Mann und großer Gelahrter. – Da kommen meine Kollegen schon.

(Junker Tobias und Maria kommen.)

Junker Tobias. Gott segne Euch, Herr Pfarrer!

Narr. Bonos dies, Junker Tobias! Denn wie der alte Klausner von Prag, der weder lesen noch schreiben konnte, sehr sinnreich zu einer Nichte des Königs Gorboduk sagte, *das, was ist, ist*: so auch ich, maßen ich der Herr Pfarrer bin, bin ich der Herr Pfarrer. Denn was ist *das* als *das*, und *ist* als *ist*?

Junker Tobias. Redet ihn an, Ehrn Matthias.

Narr. He, niemand hier? – Friede sei in diesem Gefängnis!

Junker Tobias. Der Schelm macht gut nach; ein braver Schelm!

Malvolio *(drinnen)*. Wer ruft da?

Narr. Ehrn Matthias, der Pfarrer, welcher kommt, um Malvolio den Besessenen zu besuchen.

Malvolio. Herr Pfarrer, Herr Pfarrer! lieber Herr Pfarrer! Geht zu meinem Fräulein –

Narr. Hebe dich weg, du ruhmrediger böser Geist! Wie plagest du diesen Mann? Redest du von nichts denn von Fräulein?

Junker Tobias. Wohl gesprochen, Ehrn Matthias.

Malvolio. Herr Pfarrer, niemals hat man einem ärger mitgespielt; lieber Herr Pfarrer, glaubt nicht, daß ich unklug[42] bin; sie haben mich in schreckliche Finsternis eingesperrt.

Narr. Pfui, du unsaubrer Satan! Ich nenne dich bei dem mildesten Namen, denn ich bin eins von den sanften Gemütern, die dem Teufel selbst mit Höflichkeit begegnen. Sagest du, diese Behausung sei finster?

Malvolio. Wie die Hölle, Herr Pfarrer.

Narr. Ei, sie hat ja Luken, die so durchsichtig wie Fensterladen sind, und die hellen Steine[43] von Südnorden strahlen wie Ebenholz: und dennoch beklagest du dich über Verfinsterung?

Malvolio. Ich bin nicht unklug, Herr Pfarrer; ich sage Euch, diese Behausung ist finster.

Narr. Wahnsinniger, du irrest. Ich sage dir aber, es gibt keine andre Finsternis als Unwissenheit, worein du mehr verstrickt bist als die Ägypter in ihrem Nebel.

Malvolio. Ich sage, diese Behausung ist finster wie die Unwissenheit, wäre die Unwissenheit auch so finster wie die Hölle; und ich sage, man hat niemals einem so übel mitgespielt. Ich bin ebensowenig unklug als Ihr; legt mir nur ordentliche Fragen vor, um mich zu prüfen.

Narr. Was ist des Pythagoras Lehre, wildes Geflügel anlangend?

Malvolio. Daß die Seele unsrer Großmutter vielleicht in einem Vogel wohnen kann.

Narr. Was achtest du von seiner Lehre?

Malvolio. Ich denke würdig von der Seele und billige seine Lehre keineswegs.

Narr. Gehab dich wohl! Verharre du immer in Finsternis. Ehe ich dir deinen gesunden Verstand zugestehe, sollst du die Lehre des Pythagoras bekennen und dich fürchten, eine Schnepfe umzubringen, auf daß du nicht etwa die Seele deiner Großmutter verjagen mögest. Gehab dich wohl!

Malvolio. Herr Pfarrer! Herr Pfarrer!

Junker Tobias. Mein allerliebster Ehrn Matthias!

Narr. Nicht wahr, mir sind alle Röcke gerecht?

Maria. Du hättest dies ohne Mantel und Kragen verrichten können, er sieht dich nicht.

Junker Tobias. Nun rede ihn mit deiner eignen Stimme an und melde mir, wie du ihn findest: ich wollte, wir wären diese Schelmerei auf eine gute Art los. Wenn man ihn schicklich freilassen kann, so möchte es nur geschehn; denn ich stehe jetzt so übel mit meiner Nichte, daß ich den Spaß nicht mit Sicherheit bis zum Beschlusse forttreiben kann. Komm dann gleich auf mein Zimmer. *(Junker Tobias und Maria ab.)*

Narr *(singt)*.

Heisa, Hänschen! liebes Hänschen!
Sag mir, was dein Mädchen macht.

Malvolio. Narr! –

Narr *(singt)*.

Ach, sie ist mir bitter feind!

Malvolio. Narr! –

Narr *(singt)*.

Und weswegen denn, mein Freund?

Malvolio. Narr, sage ich!

Narr *(singt)*.

Weil sie einen andern liebt. –

Wer ruft da? he?

Malvolio. Lieber Narr, wo du dich jemals um mich

verdient machen willst, hilf mir zu einem Lichte, zu Feder, Tinte und Papier. So wahr ich ein ehrlicher Mann bin, ich will dir noch einmal dankbar dafür sein.

Narr. Der Herr Malvolio? –

Malvolio. Ja, lieber Narr.

Narr. Ach, Herr, wie seid Ihr doch um Eure fünf Sinne gekommen?

Malvolio. Niemals hat man einem so abscheulich mitgespielt. Ich bin ebensogut bei Sinnen wie du, Narr.

Narr. Nur ebensogut? So seid Ihr wahrhaftig unklug, wenn Ihr nicht besser bei Sinnen seid als ein Narr.

Malvolio. Sie haben mich hier eingesperrt, halten mich im Finstern, schicken Geistliche zu mir, Eselsköpfe, und tun alles, was sie können, um mich aus meinen Sinnen herauszuhetzen.

Narr. Bedenkt, was Ihr sagt: der Geistliche ist hier. – »Malvolio, Malvolio, deinen Verstand stelle der Himmel wieder her! Bringe dich zum Schlafen und laß ab von deinem eiteln Geplapper.«

Malvolio. Herr Pfarrer –

Narr. »Führe kein Gespräch mit ihm, mein guter Freund.« – Wer? ich, Herr? Nein, gewiß nicht. Gott geleite Euch, Herr Pfarrer! – »Amen, sage ich.« – Gut, das will ich tun.

Malvolio. Narr, Narr, Narr, sage ich –

Narr. Ach, lieber Herr, seid ruhig! Was sagt Ihr? Ich werde ausgeschmählt, weil ich mit Euch rede.

Malvolio. Lieber Narr, verhilf mir zu einem bißchen Licht und Papier. Ich sage dir, ich bin so gut bei Verstande als irgendeiner in Illyrien.

Narr. Du meine Zeit! wenn das doch wahr wäre.

Malvolio. Auf mein Wort, ich bin's. Lieber Narr, schaff mir Tinte, Papier und Licht und überbringe dem Fräulein, was ich aufsetzen will: es soll dir auch den besten Briefträgerlohn einbringen.

Narr. Ich will Euch dazu verhelfen, aber sagt mir aufrichtig: seid Ihr wirklich nicht unklug, oder tut Ihr nur so?

Malvolio. Glaub mir, ich sage dir die Wahrheit.

Narr. Ei, ich will einem unklugen Menschen niemals trauen, bis ich sein Gehirn sehe. Ich will Euch Licht, Papier und Tinte holen.

Malvolio. Narr, ich will dich aufs beste dafür belohnen. Ich bitte dich, geh.

Narr *(singt).*
Ich bin fort, Herr,
Und aufs Wort, Herr,
Ich bin gleich wieder da.
Daran hegt keinen Zweifel,
Denn ich trotze dem Teufel
Und seiner Frau Großmama.[44] *(Ab.)*

DRITTE SZENE

Olivias Garten.

(Sebastian tritt auf.)

Sebastian. Dies ist die Luft, dies ist die lichte Sonne;
Dies Kleinod gab sie mir, ich fühl, ich seh es:
Und ob mich schon Bezauberung umstrickt,
Ist's doch kein Wahnsinn. Wo ist wohl Antonio?
Ich konnt' ihn nicht im Elefanten finden.
Doch war er da: man gab mir den Bescheid,
Er streife durch die Stadt, mich aufzusuchen.
Jetzt eben wär' sein Rat mir Goldes wert:
Denn überlegt mein Geist schon mit den Sinnen,
Daß dies ein Irrtum sein kann, doch kein Wahnsinn,
So übersteigt doch diese Flut von Glück
In solchem Grade Beispiel und Begriff,
Ich hätte Lust den Augen mißzutrauen
Und die Vernunft zu schelten, die ein andres
Mich glauben machen will, als ich sei toll,
Wo nicht, das Fräulein toll: doch wäre dies,
Sie könnte Haus und Diener nicht regieren,
Bestellungen besorgen und empfangen
Mit solchem stillen, weisen, festen Gang,
Wie ich doch merke, daß sie tut. Hier steckt
Ein Trug verborgen. Doch da kommt das Fräulein.
(Olivia kommt mit einem Priester.)

Olivia. Verzeiht mir diese Eile: meint Ihr's gut,
So geht mit mir und diesem heil'gen Mann
In die Kapelle nebenan und dort,
Vor ihm und unter dem geweihten Dach,
Verbürget feierlich mir Eure Treu',
Daß mein ungläub'ges, allzubanges Herz
Zur Ruh' gelangen mag. Er soll's verbergen,

Bis Ihr gesonnen seid, es kundzumachen,
Und um die Zeit soll meinem Stand gemäß
Die Feier unsrer Hochzeit sein. – Was sagt Ihr?

Sebastian. Ich geh mit Euch und diesem guten Alten,
Will Treue schwören und sie ewig halten.

Olivia. So führ uns, Vater! – Mag des Himmels Schein
Zu dieser Tat uns freundlich Segen leihn!

(Alle ab.)

FÜNFTER AUFZUG

ERSTE SZENE

Vor Olivias Hause.

(Der Narr und Fabio.)

Fabio. Wenn du mich lieb hast, laß mich seinen Brief sehen.

Narr. Lieber Herr Fabio, tut mir dafür einen andern Gefallen.

Fabio. Was du willst.

Narr. Verlangt nicht diesen Brief zu sehn.

Fabio. Das heißt, du schenkst mir einen Hund, und forderst nachher zur Belohnung den Hund wieder.

(Der Herzog, Viola und Gefolge treten auf.)

Herzog. Gehört ihr dem Fräulein Olivia an, Freunde?

Narr. Ja, Herr, wir sind ein Teil ihres Hausrates.

Herzog. Ich kenne dich sehr wohl: wie geht's dir, guter Bursch?

Narr. Aufrichtig, Herr, je mehr Feinde, desto besser; je mehr Freunde, desto schlimmer.

Herzog. Grade umgekehrt: je mehr Freunde, desto besser.

Narr. Nein, Herr, desto schlimmer.

Herzog. Wie ginge das zu?

Narr. Ei, Herr, sie loben mich und machen einen Esel aus mir; meine Feinde hingegen sagen mir gradeheraus, daß ich ein Esel bin: also nehme ich durch meine Feinde in der Selbsterkenntnis zu, und durch meine Freunde werde ich hintergangen. Also, Schlüsse wie Küsse betrachtet, wenn vier Verneinungen zwei Bejahungen ausmachen: je mehr Freunde, desto schlimmer, und je mehr Feinde, desto besser.

Herzog. Ei, das ist vortrefflich.

Narr. Nein, Herr, wahrhaftig nicht; ob es Euch gleich gefällt, einer von meinen Freunden zu sein.

Herzog. Du sollst aber meinetwegen doch nicht schlimmer dran sein: da hast du Gold.

Narr. Wenn Ihr kein Doppler dadurch würdet, Herr, so wollte ich, Ihr könntet noch ein Stück daraus machen.

Herzog. Oh, Ihr gebt mir einen schlechten Rat.

Narr. Steckt Eure Gnade für diesmal noch in die Tasche und laßt Euer Fleisch und Blut ihr gehorchen.

Herzog. Gut, ich will mich einmal versündigen und ein Doppler sein: da hast du noch ein Stück.

Narr. Zum ersten, zum zweiten, zum dritten, dann wird erst zugeschlagen; wie das alte Sprichwort sagt, sind aller guten Dinge drei; der Dreiachteltakt, Herr, ist ein guter, lustiger Takt; die Betglocke kann's Euch zu Gemüte führen, sie sagt immer: eins, zwei, drei.

Herzog. Ihr könnt auf diesen Wurf nicht mehr Geld aus mir herausnarrieren. Wollt Ihr Euerm Fräulein melden, daß ich sie zu sprechen wünsche, und machen, daß sie hieherkommt, so möchte das vielleicht meine Freigebigkeit wieder aufwecken.

Narr. Nun, Herr, eiapopeia Eurer Freigebigkeit, bis ich zurückkomme! Ich gehe, Herr, aber Ihr müßt ja nicht denken, mein Verlangen zu haben sei Gewinnsucht. Doch, wie Ihr sagt, laßt Eure Freigebigkeit nur ein wenig einnicken; ich will sie gleich wieder aufwecken. *(Ab.)*

(Antonio und Gerichtsdiener kommen.)

Viola. Hier kommt der Mann, der mich gerettet, Herr.

Herzog. Auf dies Gesicht besinn ich mich gar wohl;
Doch als ich es zuletzt sah, war es schwarz,
Vom Dampf des Krieges, wie Vulkan, besudelt.
Er war der Hauptmann eines winz'gen Schiffs,
Nach Größ' und flachem Bau von keinem Wert,
Womit er sich so furchtbar handgemein
Mit unsrer Flotte stärksten Segeln machte,
Daß selbst der Neid und des Verlustes Stimme
Preis über ihn und Ehre rief. – Was gibt's?

Erster Gerichtsdiener.
Orsino, dies ist der Antonio,
Der Euch den Phönix nahm und seine Ladung;
Dies ist er, der den Tiger enterte,
Wo Euer junger Neff' ein Bein verlor.
Hier in den Straßen ward er, frech und tollkühn,
Auf einer Schlägerei von uns ertappt.

Viola. Er tat mir Dienste, Herr, focht mir zum Schutz,
Doch hielt zuletzt mir wunderliche Reden;
Ich weiß nicht, was es sonst als Wahnwitz war.

Herzog. Berüchtigter Pirat! Du Seespitzbube!
Welch toller Mut gab dich in deren Hand,
Die mit so blut'gem, teuerm Handel du
Zu Feinden dir gemacht?

Antonio. Orsino, edler Herr,
Erlaubt mir, diese Namen abzuschütteln.
Antonio war noch nie Pirat noch Dieb,
Obschon, ich geb es zu, mit gutem Grund
Orsinos Feind. Ein Zauber zog mich her;
Den allerundankbarsten Knaben dort
Entriß ich dem ergrimmten, schäum'gen Rachen
Der wüsten See; er war des Todes Raub:
Ich gab sein Leben ihm, gab überdies
Ihm meine Liebe, ohne Grenz' und Rückhalt,
Sein, gänzlich hingegeben; seinetwillen
Wagt' ich hieher mich, einzig ihm zuliebe,
In die Gefahren dieser Feindesstadt
Und focht für ihn, da man ihn angefallen.
Als ich dabei verhaftet ward, so lehrte
Ihn seine falsche List (denn die Gefahr
Mit mir zu teilen, war er nicht gewillt),
Mir die Bekanntschaft ins Gesicht zu weigern;
Er wurde mir auf zwanzig Jahr' entfremdet
In einem Umsehn; leugnete sogar
Mir meinen Beutel ab, den zum Gebrauch
Kaum vor der halben Stund' ich ihm gelassen.

Viola. Wie kann dies sein?

Herzog. Wann kam er in die Stadt?

Antonio. Erst heute, und drei Monden lang vorher
Sind wir beisammen Tag und Nacht gewesen,
Auch nicht einmal minutenlang getrennt.

(Olivia kommt mit Gefolge.)

Herzog.
Die Gräfin kommt, der Himmel geht auf Erden. –
Du aber, Mensch, Mensch, deine Red' ist Wahnsinn:
Drei Monden dient mir dieser junge Mann.
Doch mehr hievon nachher. – Führt ihn beiseit.
Olivia.
Was wünscht mein Fürst, bis auf das ihm Versagte,
Worin Olivia kann gefällig sein? –
Cesario, Ihr haltet mir nicht Wort.
Viola. Mein Fräulein –
Herzog. Reizende Olivia –
Olivia. Cesario, was sagt Ihr? – Gnäd'ger Herr –
Viola.
Mein Herr will reden, Ehrfurcht heißt mich schweigen.
Olivia. Wenn's nach der alten Leier ist, mein Fürst,
So ist es meinem Ohr so widerwärtig
Wie Heulen nach Musik.
Herzog. Noch immer grausam?
Olivia. Noch immer standhaft, gnäd'ger Herr.
Herzog. In der Verkehrtheit? wie? Unholde Schöne,
An deren nimmer segnenden Altären
Mein Herz die treusten Opfer ausgehaucht,
So je die Andacht darbot! – Was soll ich tun?
Olivia. Ganz nach Gefallen, was Eu'r Gnaden ansteht.
Herzog. Weswegen sollt' ich nicht, litt' es mein Herz,
Wie der ägyptsche Dieb in Todesnot
Mein Liebstes töten: wilde Eifersucht,
Die oft ans Edle grenzt? Doch höret dies:
Weil Ihr denn meine Treue gar nichts achtet
Und ich so ziemlich doch das Werkzeug kenne,
Das meinen Platz in Eurer Gunst mir sperrt,
So lebt nur, marmorbusige Tyrannin!
Doch diesen Euern Günstling, den Ihr liebt,
Den ich, beim Himmel, lieb und teuer halte,
Ihn will ich aus dem stolzen Auge reißen,
Wo hoch er thronet, seinem Herrn zum Trotz. –
Komm, Junge! Mein Entschluß ist reif zum Unheil.
Ich will mein zartgeliebtes Lamm entseelen,
Um einer Taube Rabenherz zu quälen. *(Will abgehn.)*
Viola. Und ich, bereit, mit frohem, will'gem Sinn,
Gäb', Euch zum Trost, mich tausend Toden hin.
(Will ihm folgen.)

Olivia. Wo will Cesario hin?
Viola. Ihm folg ich nach, dem ich mich ganz ergeben,
Der mehr mir ist als Augenlicht, als Leben;
Ja mehr, um alles was man mehr nur nennt,
Als dieses Herz je für ein Weib entbrennt.
Und red ich falsch, ihr hohen Himmelsmächte,
An meinem Leben rächt der Liebe Rechte!
Olivia. Weh mir! entsetzlich! wie getäuscht bin ich?
Viola. Wer täuscht Euch denn? Wer tut Euch einen Hohn?
Olivia. Vergißt du selbst dich? Ist's so lange schon? –
Ruft doch den Priester her.

(Einer von ihren Leuten ab.)

Herzog. Komm! fort mit mir!
Olivia. Wohin? – Gemahl! Cesario, bleib hier!
Herzog. Gemahl?
Olivia.
Ja, mein Gemahl. – Kannst du es leugnen? Sprich!
Herzog. Du, ihr Gemahl?
Viola. Nein, gnäd'ger Herr, nicht ich.
Olivia. Ach, es ist nur die Knechtschaft deiner Furcht,
Was dich dein Eigentum[45] erwürgen heißt.
Cesario, fürchte nichts, ergreif dein Glück,
Sei, was du weißt, du seist es, und dann bist du
So groß, als was du fürchtest. –

(Der Bediente kommt mit dem Priester zurück.)

O willkommen,
Ehrwürd'ger Vater! Ich beschwöre dich
Bei deinem heil'gen Amt, hier zu bezeugen
(Wiewohl vor kurzem wir die Absicht hatten,
In Nacht zu hüllen, was der Anlaß nun,
Noch eh' es reif, ans Licht zieht), was du weißt,
Daß ich und dieser Jüngling jetzt vollbracht.
Priester. Ein Bündnis ewigen Vereins der Liebe,
Bestätigt durch in eins gefügte Hände,
Bezeugt durch Eurer Lippen heil'gen Druck,
Bekräftigt durch den Wechsel Eurer Ringe;
Und alle Fei'rlichkeiten des Vertrags
Versiegelt durch mein Amt, mit meinem Zeugnis.
Seitdem, sagt mir die Uhr, hab ich zum Grabe
Zwei Stunden nur gewallet.
Herzog. O heuchlerische Brut! was wirst du sein,
Wann erst die Zeit den Kopf dir grau besät?

Wo nicht so hoch sich deine List erhebt,
Daß sie dir selber eine Falle gräbt.
Leb wohl und nimm sie: aber geh auf Wegen,
Wo wir einander nie begegnen mögen.

Viola. Ich schwöre, gnäd'ger Herr –

Olivia. O keinen Schwur!
Bei so viel Furcht, heg etwas Treu doch nur!

(Junker Christoph kommt mit einem blutigen Kopfe.)

Junker Christoph. Um Gottes Barmherzigkeit willen, einen Feldscherer! Und schickt gleich einen zum Junker Tobias!

Olivia. Was gibt's?

Junker Christoph. Er hat mir ein Loch in den Kopf geschlagen, und Junker Tobias hat auch eine blutige Krone weg. Um Gottes Barmherzigkeit willen, helft! Ich wollte hundert Taler drum geben, daß ich zu Hause wäre.

Olivia. Wer hat es getan, Junker Christoph?

Junker Christoph. Des Grafen Kavalier, Cesario heißt er. Wir glaubten, er wäre 'ne Memme, aber er ist der eingefleischte Teufel selbst.

Herzog. Mein Kavalier, Cesario?

Junker Christoph. Potz Blitz, da ist er! – Ihr habt mir um nichts und wieder nichts ein Loch in den Kopf geschlagen, und was ich getan habe, dazu hat mich Junker Tobias angestiftet.

Viola. Was wollt Ihr mir? Ich tat Euch nichts zuleid.
Ihr zogt ohn' Ursach gegen mich den Degen,
Ich gab Euch gute Wort' und tat Euch nichts.

Junker Christoph. Wenn eine blutige Krone was Leides ist, so habt Ihr mir was zuleide getan. Ich denke, es kommt nichts einer blutigen Krone bei[46].

(Junker Tobias kommt, betrunken und von dem Narren geführt.)

Da kommt Junker Tobias angehinkt, Ihr sollt noch mehr zu hören kriegen. Wenn er nicht was im Kopfe gehabt hätte, so sollte er Euch wohl auf 'ne andre Manier haben tanzen lassen.

Herzog. Nun, Junker, wie steht's mit Euch?

Junker Tobias. Es ist all eins: er hat mich verwundet und damit gut. – Schöps, hast du Görgen, den Feldscherer, gesehn, Schöps?

Narr. Oh, der ist betrunken, Junker Tobias, schon über

eine Stunde; seine Augen waren früh um acht schon untergegangen.

Junker Tobias. So ist er ein Schlingel und eine Schlafmütze. Nichts abscheulicher als so 'n betrunkner Schlingel.

Olivia. Fort mit ihm! Wer hat sie so übel zugerichtet?

Junker Christoph. Ich will Euch helfen, Junker Tobias, wir wollen uns zusammen verbinden lassen.

Junker Tobias. Wollt Ihr helfen? – Ein Eselskopf, ein Hasenfuß und ein Schuft! ein lederner Schuft! ein Pinsel!

Olivia. Bringt ihn zu Bett und sorgt für seine Wunde.

(Der Narr, Junker Tobias und Junker Christoph ab.)

(Sebastian kommt.)

Sebastian. Es tut mir leid um Euers Vetters Wunde,
Doch wär's der Bruder meines Bluts gewesen,
Ich konnte nicht mit Sicherheit umhin.
Ihr blicket fremd mich an, mein Fräulein, und
Daran bemerk ich, daß es Euch beleidigt.
Verzeiht mir, Holde, jener Schwüre wegen,
Die wir einander eben nur getan.

Herzog. Gesicht, Ton, Kleidung eins, doch zwei Personen:
Ein wahrer Gaukelschein, der ist und nicht ist.

Sebastian. Antonio! O mein teuerster Antonio!
Wie haben nicht die Stunden mich gefoltert,
Seitdem ich Euch verlor!

Antonio. Seid Ihr Sebastian?

Sebastian. Wie? zweifelst du daran, Antonio?

Antonio.
Wie habt Ihr denn Euch von Euch selbst getrennt?
Ein Ei ist ja dem andern nicht so gleich
Als diese zwei Geschöpfe. Wer von beiden
Ist nun Sebastian?

Olivia. Höchst wunderbar!

Sebastian.
Steh ich auch dort? Nie hatt' ich einen Bruder,
Noch trag ich solche Göttlichkeit in mir,
Daß von mir gelte: hier und überall.
Ich hatte eine Schwester, doch sie ist
Von blinden Wellen auf der See verschlungen.
(Zu Viola.)
Um Gottes willen, seid Ihr mir verwandt?
Aus welchem Land? Wes Namens? Wes Geschlechts?

Viola. Von Metelin; Sebastian war mein Vater.
Solch ein Sebastian war mein Bruder auch.
Den Anzug nahm er in sein feuchtes Grab,
Und kann ein Geist Gestalt und Tracht erborgen,
So kommt Ihr, uns zu schrecken.
Sebastian. Ja, ich bin ein Geist,
Doch in den Körper fleischlich noch gehüllt,
Der von der Mutter Schoß mir angehört.
Wärt Ihr ein Weib, da alles andre zutrifft,
Ich ließ' auf Eure Wangen Tränen fallen
Und spräch': Viola, sei Ertrunkne mir willkommen!
Viola. Mein Vater hatt' ein Mal auf seiner Stirn.
Sebastian. Das hatt' auch meiner.
Viola. Und starb den Tag, als dreizehn Jahr Viola
Seit der Geburt gezählt.
Sebastian. Oh, die Erinnrung lebt in meiner Seele!
Ja, er verließ die Sterblichkeit den Tag,
Der meiner Schwester dreizehn Jahre gab.
Viola. Steht nichts im Weg, uns beide zu beglücken,
Als diese angenommne Männertracht,
Umarmt mich dennoch nicht, bis jeder Umstand
Von Lage, Zeit und Ort sich fügt und trifft,
Daß ich Viola bin; dies zu bestärken,
Führ ich Euch hin zu einem Schiffspatron
Am Ort hier, wo mein Mädchenanzug liegt.
Durch seine güt'ge Hilf' errettet, kam
Ich in die Dienste dieses edlen Grafen;
Und was seitdem sich mit mir zugetragen,
War zwischen dieser Dam' und diesem Herrn.
Sebastian. So kam es, Fräulein, daß Ihr Euch geirrt,
Doch die Natur folgt' ihrem Zug hierin.
Ihr wolltet einer Jungfrau Euch verbinden,
Und seid darin, beim Himmel! nicht betrogen:
Jungfräulich ist der Euch vermählte Mann.
Herzog.
Seid nicht bestürzt! Er stammt aus edlem Blut. –
Wenn dies so ist, und noch scheint alles wahr,
So hab ich Teil an diesem frohen Schiffbruch.
(Zu Viola.)
Du hast mir, Junge, tausendmal gesagt,
Du würd'st ein Weib nie lieben so wie mich.
Viola. Und all die Worte will ich gern beschwören,

Und all die Schwüre treu im Herzen halten
Wie die gewölbte Feste dort das Licht,
Das Tag' und Nächte scheidet.

Herzog. Gib mir deine Hand,
Und laß mich dich in Mädchenkleidern sehn.

Viola. Der Schiffspatron, der hier an Land mich brachte,
Bewahrt sie; er ist wegen eines Handels
Jetzt in Verhaft, auf Forderung Malvolios,
Der einen Ehrendienst beim Fräulein hat.

Olivia. Er soll ihn gleich in Freiheit setzen: ruft
Malvolio her. – Ach, nun erinnr' ich mich,
Der arme Mann soll ganz von Sinnen sein.
(Der Narr kommt zurück mit einem Briefe.)
Ein höchst zerstreu'nder Wahnsinn in mir selbst
Verbannte seinen ganz aus meinem Geist. –
Was macht er, Bursch?

Narr. Wahrhaftig, gnädiges Fräulein, er hält sich den Beelzebub so gut vom Leibe, als ein Mensch in seinen Umständen nur irgend kann. Er hat Euch da einen Brief geschrieben, ich hätte ihn schon heute morgen übergeben sollen; aber Briefe von Tollen sind kein Evangelium, also kommt nicht viel darauf an, wann sie bestellt werden.

Olivia. Mach ihn auf und lies.

Narr. Nun erbaut Euch recht, wenn der Narr den Tollen vorträgt. – »Bei Gott, Fräulein!« –

Olivia. Was ist dir? bist du toll?

Narr. Nein, Fräulein, ich lese nur Tollheit. Wenn Euer Gnaden beliebt, daß ich es gehörig machen soll, so muß meine Stimme freien Lauf haben.

Olivia. Sei so gut und lies bei gesundem Verstande.

Narr. Das tu ich, Madonna: aber um seinen gesunden Verstand zu lesen, muß man so lesen. Also erwägt, meine Prinzessin, und merkt auf!

Olivia. Lest Ihr es, Fabio.

Fabio *(liest)*. »Bei Gott, Fräulein, Ihr tut mir Unrecht, und die Welt soll es wissen. Habt Ihr mich schon in ein dunkles Loch gesperrt und Euerm betrunknen Vetter Aufsicht über mich gegeben, so habe ich doch den Gebrauch meiner Sinne ebensogut als Euer Gnaden. Ich habe Euern eignen Brief, der mich zu dem angenommenen Betragen bewogen hat, und bin gewiß, daß ich mich damit rechtfertigen und Euch beschämen kann. Denkt von mir, wie

Ihr wollt. Ich stelle meine Ehrerbietung auf einen Augenblick beiseite und rede nach der zugefügten Beleidigung.
Der toll-behandelte
Malvolio.«

Olivia. Hat er das geschrieben?
Narr. Ja, Fräulein.
Herzog. Das schmeckt nicht sehr nach Verrücktheit.
Olivia. Setz ihn in Freiheit, Fabio, bring ihn her. –
(Fabio ab.)
Mein Fürst, beliebt's Euch, nach erwogner Sache
Als Schwester mich statt Gattin anzusehn,
So krön' *ein* Tag den Bund, wenn's Euch beliebt,
In meinem Hause und auf meine Kosten.
Herzog.
Eu'r Antrag, Fräulein, ist mir höchst willkommen. –
(Zu Viola.)
Eu'r Herr entläßt Euch: für die getanen Dienste,
Ganz streitend mit der Schüchternheit des Weibes,
Tief unter der gewohnten zarten Pflege,
Und weil Ihr mich so lange Herr genannt,
Nehmt meine Hand hier und von jetzo an
Seid Euers Herrn Herr[47].
Olivia. Schwester? – Ja, Ihr seid's.
(Fabio kommt mit Malvolio zurück.)
Herzog. Ist der da der Verrückte?
Olivia. Ja, mein Fürst.
Wie steht's, Malvolio?
Malvolio. Fräulein, Ihr habt mir Unrecht getan,
Groß Unrecht.
Olivia. Hab ich das, Malvolio? Nein.
Malvolio. Ihr habt es, Fräulein; lest nur diesen Brief.
Ihr dürft nicht leugnen, dies ist Eure Hand;
Schreibt anders, wenn Ihr könnt, in Stil und Zügen,
Sagt, Siegel und Erfindung sei nicht Euer.
Ihr könnt es nicht: wohlan, gesteht es denn,
Und sagt mir um der Sitt' und Ehre willen,
Was gebt Ihr mir so klare Gunstbeweise,
Empfehlt mir, lächelnd vor Euch zu erscheinen,
Die Gürtel kreuzweis und in gelben Strümpfen,
Und gegen Euern Vetter stolz zu tun
Und das gering're Volk; und da ich dies
In untertän'ger Hoffnung ausgeführt:

Weswegen ließt Ihr mich gefangen setzen,
Ins Dunkle sperren, schicktet mir den Priester
Und machtet mich zum ärgsten Narrn und Gecken,
An dem der Witz sich jemals übte? Sagt!

Olivia. Ach, guter Freund! dies ist nicht meine Hand,
Obschon, ich muß gestehn, die Züg' ihr gleichen;
Doch ohne Zweifel ist's Marias Hand.
Und nun besinn ich mich, *sie* sagte mir
Zuerst, du seist verrückt; dann kamst du lächelnd
Und in dem Anzug, den man in dem Brief
An dir gerühmt. Ich bitte dich, sei ruhig!
Es ist dir ein durchtriebner Streich gespielt,
Doch kennen wir davon die Täter erst,
So sollst du beides, Kläger sein und Richter
In eigner Sache.

Fabio. Hört mich, wertes Fräulein,
Und laßt kein Hadern, keinen künft'gen Zank
Den Glanz der gegenwärt'gen Stunde trüben,
Worüber ich erstaunt. In dieser Hoffnung
Bekenn ich frei, ich und Tobias haben
Dies gegen den Malvolio ausgedacht,
Für seinen Trotz und ungeschliffnes Wesen,
Das uns von ihm verdroß. Maria schrieb
Den Brief auf starkes Dringen unsers Junkers,
Zum Dank wofür er sie zur Frau genommen.
Wie wir's mit lust'ger Bosheit durchgesetzt,
Ist mehr des Lachens als der Rache wert,
Erwägt man die Beleidigungen recht,
Die beiderseits geschehn.

Olivia. Ach, armer Schelm, wie hat man dich geneckt!

Narr. Ja, »einige werden hoch geboren, einige erwerben Hoheit, und einigen wird sie zugeworfen«. – Ich war auch eine Person in diesem Possenspiele, mein Herr; ein gewisser Ehrn Matthias, mein Herr; aber das kommt auf eins heraus. – »Beim Himmel, Narr, ich bin nicht toll.« – Aber erinnert Ihr Euch noch? »Gnädiges Fräulein, warum lacht Ihr über solch einen ungesalznen Schuft? Wenn Ihr nicht lacht, so ist ihm der Mund zugenäht.« – Und so bringt das Dreherchen der Zeit seine gerechte Vergeltung herbei.

Malvolio. Ich räche mich an eurer ganzen Rotte. *(Ab.)*

Olivia. Man hat ihm doch entsetzlich mitgespielt.

Herzog. Geht, holt ihn ein, bewegt ihn zur Versöhnung. –

Er muß uns von dem Schiffspatron noch sagen.
Wenn wir das wissen und die goldne Zeit
Uns einlädt, soll ein feierlicher Bund
Der Seelen sein. – Indessen, wertes Fräulein,
Verlassen wir Euch nicht. Cesario, kommt!
Das sollt Ihr sein, solang Ihr Mann noch seid;
Doch wenn man Euch in andern Kleidern schaut,
Orsinos Herrin, seiner Liebe Braut.
(Alle ab.)

Narr *(singt).*
Und als ich ein winzig Bübchen war,
Hopp heisa, bei Regen und Wind!
Da machten zwei nur eben ein Paar;
Denn der Regen, der regnet jeglichen Tag.

Und als ich vertreten die Kinderschuh',
Hopp heisa, bei Regen und Wind!
Da schloß man vor Dieben die Häuser zu;
Denn der Regen, der regnet jeglichen Tag.

Und als ich, ach! ein Weib tät frein,
Hopp heisa, bei Regen und Wind!
Da wollte mir Müßiggehn nicht gedeihn;
Denn der Regen, der regnet jeglichen Tag.

Und als der Wein mir steckt' im Kopf,
Hopp heisa, bei Regen und Wind!
Da war ich ein armer betrunkner Tropf;
Denn der Regen, der regnet jeglichen Tag.

Die Welt steht schon eine hübsche Weil',
Hopp heisa, bei Regen und Wind!
Doch das Stück ist nun aus, und ich wünsch euch viel Heil;
Und daß es euch künftig so gefallen mag. *(Ab.)*

TEXTKRITISCHE ANMERKUNGEN

1. Schlegel übersetzt nach der Konjektur *south* von Pope, überliefert ist *sound* (Klang).
2. Moderne Herausgeber lokalisieren die Szene an der »Küste«.
3. *liv'd* (gemeint ist: der aus den Fluten ragte).
4. *eunuch.*
5. *vulgo*, bis heute unerklärt, anscheinend ohne besondere Bedeutung.
6. Schlegel weicht im folgenden auf eigene Wortspiele aus, die mit dem Sinn des Originals nichts mehr zu tun haben.

   Maria. ... *I pray you, bring your hand to the butter-bar and let it drink.*

   Sir Andrew. *Wherefore, sweetheart? what's your metaphor?*

   Maria. *It's dry, sir.*

   Sir Andrew. *Why, I think so: I am not such an ass but I can keep my hand dry. But what's your jest?*

   Maria. *A dry jest sir.*

   Sir Andrew. *Are you full of them?*

   Maria. *Ay, sir, I have them at my fingers' ends: marry, now I let go your hand, I am barren.*

   Maria. ... Ich bitte Euch, bringt Euere Hand zum Ausschank und gebt ihr zu trinken.

   Junker Christoph. Warum, meine Liebe? Was wollt Ihr damit sagen?

   Maria. Sie ist trocken.

   Junker Christoph. Nun, das glaub ich. Ich bin nicht so ein Esel, daß ich meine Hand nicht trocken halten kann. Aber was ist der Witz dabei?

   Maria. Ein trockener Witz.

   Junker Christoph. Hast du viele von der Sorte?

   Maria. Ja, Herr, ich habe sie an meinen Fingerenden, aber jetzt laß ich Euere Hand los, ich bin unfruchtbar (in Witzen).

   Es handelt sich um gängige zeitgenössische Liebesmetaphorik. Eine trockene Hand bedeutete Knauserigkeit und Kontaktlosigkeit in der Liebe.
7. *bear-baiting* (Bärenhatz).
8. Es fehlt: *The count himself here hard by woes her* (Der Graf, hier dicht bei, freit um sie).
9. Es fehlt: *and yet I will not compare with an old man* (und doch will ich mich nicht mit einem Alten vergleichen).
10. Es fehlt: *like Mistress Moll's picture*, eine zeitgenössische Anspielung auf eine nicht mehr mit Sicherheit identifizierbare Dame.
11. Es folgt ein fast unübersetzbares Wortspiel:

    Olivia. *What kind of man is he?*

    Malvolio. *Why, of mankind.*

    Olivia. *What manner of man?*
12. *skipping* (seicht).
13. *grey* (grau).

    Heute akzeptierte Lesart: *With adorations, fertile.*
14. *tears* (mit Anbetung, einer Flut von Tränen).
15. *peevishly* (verärgert).
16. *when all is done* (wenn alles getan wird).

17. *politicians* (Politiker).
18. Im Originaltext spricht den folgenden Satz Maria.
19. *tinkers* (Kesselflicker).
20. *out o'tune* (falsch gesungen).
21. Hier findet sich ein unübersetzbares Wortspiel:
    Maria. *My purpose is, indeed, a horse of that colour.*
    Sir Andrew. *And your horse now would make him an ass.*
    Maria. *Ass, I doubt not.*
22. *Before me* (bei Gott).
23. *sooner lost and worn* (eher verloren und vergangen).
24. Siehe S. 9.
25. *at a cold scent* (auf einer kalten Fährte).
26. *Daylight and champain discovers not more* (Tageslicht und flaches, offenes Land enthüllen nicht mehr).
27. Es fehlt: *for every reason excites to this, that my lady loves me* (Denn aus jedem Punkt folgt, daß mein Fräulein mich liebt).
28. *with a kind of injunction* (mit einer Art Befehl).
29. Es fehlt: *dear my sweet* (mein süßer Geliebter).
30. Es fehlt: *like the sun* (wie die Sonne).
31. *thy* (deinem).
32. *curst* (tückisch).
33. Es fehlt: *although the sheet were big enough for the bed of Ware in England* (und wäre das Papier groß genug für das »Bett von Ware« in England – ein Riesenbett, in dem bis zu 12 Paare Platz hatten).
34. Es fehlt: *that keeps a school i'the church* (der in der Kirche Schule hält).
35. *like his murderer* (wie sein Mörder).
36. Es fehlt: *at which time we will bring the device to the bar* (dann bringen wir unseren Anschlag vor Gericht).
37. *saucy* (frech, scharf).
38. *bloody* (blutrünstig).
39. Schlegel läßt hier eine neue Szene beginnen (5. Szene, Die Straße bei Olivias Garten), dies ist nicht berechtigt und wird heute in der Mehrzahl der Ausgaben vermieden.
40. *you are well fleshed, come on* (du hast deinen Mut bewiesen: nur zu!).
41. *beard* (Bart).
42. *mad* (verrückt, ebenso im folgenden).
43. *clearstories* (Oberlichter).
44. freie und verkürzte Version des originalen Songs.
45. *thy propriety* (deine Identität).
46. *you set nothing by . . .* (Ihr achtet . . . für nichts).
47. *mistress* (Herrin).

ZU DIESER AUSGABE

Der heutige Text von *Was ihr wollt* geht auf die erste Gesamtausgabe der Dramen Shakespeares von 1623 (nach dem Format »Folio« genannt) zurück.

Grundlage der vorliegenden Edition ist die Übersetzung von August Wilhelm von Schlegel in der letzten zu seinen Lebzeiten veröffentlichten Fassung (1843/44). Orthographie und Interpunktion wurden modernisiert.

Stellen, die von Schlegel ausgelassen oder sinnentstellend übersetzt wurden, erscheinen als Anmerkungen im englischen Original und in möglichst wörtlicher Übersetzung des Herausgebers.

Der Text bietet manche Schwierigkeiten, die sowohl im Original als auch in Schlegels Übersetzung bisher ungelöst geblieben sind und diskutiert werden müßten. Dies kann jedoch nicht in dieser Ausgabe geschehen, die einen einfachen Lesetext bietet.

Schlegels Szenen- und Regiebemerkungen wurden soweit als möglich beibehalten und nur, wenn nötig, nach den sparsamen Angaben der Folio-Ausgabe korrigiert.

Bei der Durchsicht der Schlegelschen Übersetzung wurden die wichtigsten englischen Gesamtausgaben und Einzelausgaben herangezogen.

Von dieser Komödie Shakespeares hören wir zum ersten Mal in einem Tagebucheintrag des John Manningham vom 2. Februar 1602:

»Zu unserem Fest hatten wir ein Stück, genannt *Zwölfte Nacht (Twelfth Night)* oder *Was ihr wollt (What you will)*, das sehr der *Komödie der Irrungen (Comedy of Errors)* oder den *Menaechmi* bei Plautus ähnelt, am meisten aber dem italienischen Stück *Inganni.*« Darauf wird der Inhalt kurz zusammengefaßt. Die Notiz ist aufschlußreich. Es geht zwar nicht daraus hervor, ob an dem genannten Datum (Lichtmeß) die Premiere stattfand, aber aus sehr präzisen zeitgenössischen Anspielungen im Stück selbst ergibt sich, daß Shakespeare noch im Spätherbst 1601 daran gearbeitet hat. Manningham berichtet also von einer ziemlich frischen Aufführung.

Bis heute läuft die Komödie unter zwei Titeln. *Twelfth Night* könnte nahelegen, daß sie zum Epiphaniasfest geschrieben wurde, möglicherweise für eine private Aufführung. Shakespeare hat offensichtlich beide Titel gleichrangig behandelt.

Sofort bei Erscheinen auf der Bühne erkannte man also gewisse Ähnlichkeiten mit *The Comedy of Errors*, Shakespeares virtuoser Verdoppelung und Übersteigerung der Plautinischen *Menaechmi*. Aber der Tagebuchauszug weist auch zu Recht auf die italienische Tradition hin. Der Stoff war verbreitet in Komödien und Novellen, die ins Französische und Englische übersetzt wurden. Als Hauptquelle mag eine englische Fassung, *The Historie of Apollonius and Silla*, gelten, die sich in Barnabe Riches *Farewell to Militarie Profession* findet.

Was ihr wollt gehört zu den beliebtesten und reifsten Komödien des Dichters. Sie enthält großartige schauspielerische Möglichkeiten für die Rollen der Viola und der Olivia, des Malvolio und der burlesk übersteigerten Figuren von Rülp und von Bleichenwang, dazu einen Narren, der zu den tiefsinnigsten Schöpfungen Shakespeares zählt. Das Stück basiert auf der klassischen Verkleidungs- und Verwechslungskomödie. Aber es geht darüber hinaus, weil der Dichter die inneren Wandlungen seiner Personen wichtiger nimmt als die äußeren. In *Was ihr wollt* wird die Identität des Menschen zur Diskussion und in Frage gestellt. Die Personen sind am Ende nicht mehr dieselben wie am Anfang. Zwar ist das Ende gut, aber zumindest Malvolio hat keinen Sinn für das Spiel, das man mit ihm getrieben, und will sich rächen. Immer wieder werden in dieser Komödie die tragischen Möglichkeiten sichtbar, aber wie so oft in Shakespeares Komödien geht alles gerade noch einmal gut. In den folgenden Jahren entstehen die großen Tragödien.

Was ihr wollt wurde zuerst von Wieland 1766 und von Eschenburg 1775 ins Deutsche übersetzt, bevor Schlegel 1797 seine Version veröffentlichte, die trotz mancher Mängel und trotz aller modernen Versuche bis heute nicht übertroffen wurde.

Eine neue zweisprachige Ausgabe des Stücks, *Twelfth Night / Was ihr wollt*, liegt als Nr. 9838 [3] in Reclams Universal-Bibliothek vor.